U0088097

空耳日本語—自己紹介編

菜日文

自我介紹篇

雅典日研所◎企編

早安！

おはようございます。

歐哈優一

狗紮衣媽思

★ **零基礎**也能開口說
★ **現學現賣**表現自我
★ **自我介紹**立即通

MP3
附50音發音表

用菜日文拓展社交圈

清音 track 002

あ ア 阿 a	い イ 衣 i	う ウ 烏 u	え エ せ e	お オ 歐 o
か カ 咖 ka	き キ key ki	く ク 哭 ku	け ケ 開 ke	こ コ 口 ko
さ サ 撒 sa	し シ 吸 shi	す ス 思 su	せ セ 誰 se	そ ソ 搜 so
た タ 他 ta	ち チ 漆 chi	つ ツ 此 tsu	て テ 貼 te	と ト 偷 to
な ナ 拿 na	に ニ 你 ni	ぬ ヌ 奴 nu	ね ネ 內 ne	の ノ no no
は ハ 哈 ha	ひ ヒ he hi	ふ フ 夫 fu	へ ヘ 黑 he	ほ ホ 吼 ho
ま マ 媽 ma	み ミ 咪 mi	む ム 母 mu	め メ 妹 me	も モ 謀 mo
や ヤ 呀 ya		ゆ ユ 瘀 yu		よ ヨ 優 yo
ら ラ 啦 ra	り リ 哩 ri	る ル 嚕 ru	れ レ 勒 re	ろ ロ 攞 ro
わ ワ 哇 wa		を ヲ 喔 o		ん ン 嗯 n

濁音、半濁音 track 003

が ガ 嘎 ga	ぎ ギ 個衣 gi	ぐ グ 古 gu	げ ゲ 給 ge	ご ゴ 夠 go
ざ ザ 紫 za	じ ジ 基 ji	ず ズ 資 zu	ぜ ゼ 賊 ze	ぞ ゾ 走 zo
だ ダ 搭 da	ぢ ヂ 基 ji	づ ヅ 資 zu	で デ 爹 de	ど ド 兜 do
ば バ 巴 ba	び ビ 逼 bi	ぶ ブ 捕 bu	べ ベ 背 be	ぼ ボ 玻 bo
ぱ パ 趴 pa	ぴ ピ 披 pi	ぷ プ 撲 pu	ぺ ペ 呸 pe	ぽ ポ 剖 po

きゃ キャ	きゅ キュ	きょ キョ
克呀	Q	克優
kya	kyu	kyo
しゃ シャ	しゅ シュ	しょ ショ
瞎	噓	休
sha	shu	sho
ちゃ チャ	ちゅ チュ	ちょ チョ
掐	去	秋
cha	chu	cho
にゃ ニャ	にゅ ニュ	にょ ニョ
娘	女	妞
nya	nyu	nyo
ひゃ ヒャ	ひゅ ヒュ	ひょ ヒョ
合呀	合癒	合優
hya	liyu	hyo
みゃ ミャ	みゅ ミュ	みょ ミョ
咪呀	咪癒	咪優
mya	myu	myo
りゃ リャ	りゅ リュ	りょ リョ
力呀	驢	溜
rya	ryu	ryo

ぎゃ ギャ	ぎゅ ギュ	ぎょ ギョ
哥呀	哥癒	哥優
gya	gyu	gyo
じゃ ジャ	じゅ ジュ	じょ ジョ
加	居	糾
ja	ju	Jo
ぢゃ ヂャ	ぢゅ ヂュ	ぢょ ヂョ
加	居	糾
ja	ju	jo
びゃ ビャ	びゅ ビュ	びょ ビョ
遍呀	遍癒	遍優
bya	byu	byo
ぴゃ ピャ	ぴゅ ピュ	ぴょ ピョ
披呀	披癒	披優
pya	pyu	pyo

前言

想要輕鬆學會日語，最重要的就是「開口說」。

許多日語學習者最大的煩惱，就是學了日語，卻沒有辦法在實際生活中運用。本書特別使用中文式發音學習法，列出自我介紹最常用到的會話短句，協助您順利開口說日語。

本書中，在介紹常用短句的同時，也列出了相關的實用會話和應用單字，讓您可以擁有更充足的短句、會話資料庫。擁有此書，除了可以用在自我介紹外，還可以應用於日常溝通，讓您隨時學習、查詢、練習會話。

對照書中的中文式發音，再配合本書所附的MP3，讀者可以快速掌握發音技巧，並加強日語發音的正確性，不怕出現有口難言的窘況。

以下為本書使用範例：

> おはようございます。　　　　　→日文短句
>
> 歐哈優— 狗紮衣媽思　　　　　→中文式發音
>
> o.ha.yo.u./go.za.i.ma.su.　　　　→羅馬拼音
>
> 早安。　　　　　　　　　　　→中譯

「中文式發音」特殊符號：

"—"表示「長音」，前面的音拉長一拍，再發下一個音。

"‧"表示「促音」，稍停頓半拍後再發下一個音。

前言

開場

基本資料

外表個性

家族構成

介紹台灣

開場

To Introduce
Myself in Japanese

問候

短句立即説

はじめまして。
哈基妹媽吸貼
ha.ji.me.ma.shi.te.
初次見面。

おはようございます。
歐哈優－　狗紮衣媽思
o.ha.yo.u./go.za.i.ma.su.
早安。

こんにちは。
口嗯你漆哇
ko.n.ni.chi.wa.
你好。（用於早、晚的問候之外）

こんばんは。
口嗯巴嗯哇
ko.n.ba.n.wa.
晚上好。

皆<ruby>みな</ruby>さん、こんにちは。
咪拿撒嗯　口嗯你漆哇
mi.na.sa.n./ko.n.ni.chi.wa.
大家好。

お会<ruby>あ</ruby>いできて嬉<ruby>うれ</ruby>しいです。
歐阿衣爹 key 貼　烏勒吸－　爹思
o.a.i.de.ki.te./u.re.shi.i./de.su.
很高興見到你（大家）。

お目<ruby>め</ruby>にかかれて光栄<ruby>こうえい</ruby>です。
歐妹你　咖咖勒貼　口ーせー　爹思
o.me.ni./ka.ka.re.te./ko.u.e.i./de.su.
很高興見到你（大家）。

お話<ruby>はなし</ruby>する機会<ruby>きかい</ruby>を得<ruby>え</ruby>て、大変嬉<ruby>たいへんうれ</ruby>しく存<ruby>ぞん</ruby>じます。
歐哈拿吸思嚕　key 咖衣　歐　せ貼　他衣嘿嗯　烏勒吸哭　走嗯基媽思
o.ha.na.shi.su.ru./ki.ka.i./o.e.te./ta.i.he.n./u.re.shi.ku./zo.n.ji.ma.su.
很高興能有機會和你聊。

お招<ruby>まね</ruby>きいただきましてありがとうございました。
歐媽內 key　衣他打 key 媽吸貼　阿里嘎偷－　狗紮衣媽吸他
o.ma.ne.ki./i.ta.da.ki.ma.shi.te./a.ri.ga.to.u./go.za.i.ma.shi.ta.
謝謝你的邀請。

A：はじめまして、私の名前は陳太郎です。

哈基妹媽吸貼　哇他吸　no　拿媽ㄝ哇　漆嗯他摟ー　爹思

ha.ji.me.ma.shi.te./wa.ta.shi./no./na.ma.e./wa./chi.n.ta.ro.u./

de.su.

初次見面，我的名字是陳太郎。

どうぞよろしくお願いします。

兜ー走　優攬吸哭　歐內嘎衣　吸媽思

do.u.zo./yo.ro.shi.ku./o.ne.ga.i./shi.ma.su.

請多多指教。

B：はじめまして、私は鈴木恵美です。

哈基妹媽吸貼　哇他吸　哇　思資key　ㄝ咪　爹思

ha.ji.me.ma.shi.te./wa.ta.shi./wa./su.zu.ki.e.mi./de.su.

初次見面，我叫鈴木恵美。

こちらこそよろしくお願いします。

口漆啦口搜　優攬吸哭　歐內嘎衣　吸媽思

ko.chi.ra.ko.so./yo.ro.shi.ku./o.ne.ga.i./shi.ma.su.

彼此彼此，也請你多多指教。

單字立即用

皆さん　　各位、大家
咪拿撒嗯　　mi. na. sa. n.

皆様　　各位（比皆さん更禮貌的説法）
咪拿撒媽　　mi. na. sa. ma.

はじめまして　　初次見面
哈基妹媽吸貼　　ha. ji. me. ma. shi. te.

こんにちは　　你好
口嗯你漆哇　　ko. n. ni. chi. wa.

こんばんは　　晚上好
口嗯巴嗯哇　　ko. n. ba. n. wa.

おはよう　　早安
歐哈優ー　　o. ha. yo. u.

ありがとう　　謝謝
阿哩嘎偷ー　　a. ri. ga. to. u.

すみません　　對不起、不好意思
思咪媽誰嗯　　su. mi. ma. se. n.

開場白

短句立即説

ちょっと自己紹介させていただきます。
秋・偷 基口休－咖衣 撒誰貼 衣他搭 key 媽思
cho.tto./ji.ko.sho.u.ka.i./sa.se.te./i.ta.da.ki.ma.su.
我稍微自我介紹一下。

それでは、自己紹介させていただきます。
搜勒夏哇 基口休－咖衣 撒誰貼 衣他搭 key 媽思
so.re.de.wa./ji.ko.sho.u.ka.i./sa.se.te./i.ta.da.ki.ma.su.
那個，請容我做個自我介紹。

簡単に自己紹介させていただきます。
咖嗯他嗯你 基口休－咖衣 撒誰貼 衣他搭 key 媽思
ka.n.ta.n.ni./ji.ko.sho.u.ka.i./sa.se.te./i.ta.da.ki.ma.su.
容我做個簡單的自我介紹。

誠に恐縮ながら自己紹介させていただきます。
媽口偷你 克優－噓哭 拿嘎啦 基口休－咖衣 撒誰貼
衣他搭 key 媽思
ma.ko.to.ni./kyo.u.shu.ku./na.ga.ra./ji.ko.sho.u.ka.i./sa.se.te./
i.ta.da.ki.ma.su.
實在很惶恐，容我做個自我介紹。

短句立即説

ご紹介に預かりました。
狗休一咖衣 你 阿資咖哩媽吸他
go.sho.u.ka.i./ni./a.zu.ka.ri.ma.shi.ta.
承蒙（對方的）介紹。

この場を借りて自己紹介します。
口no巴 喔 咖哩貼 基口休一咖衣 吸媽思
ko.no.ba./o./ka.ri.te./ji.ko.sho.u.ka.i./shi.ma.su.
藉這個場合自我介紹。

自己紹介をしたいと思います。
基口休一咖衣 喔 吸他衣 偷 歐謀衣媽思
ji.ko.sho.u.ka.i./o./shi.ta.i./to./o.mo.i.ma.su.
我想做個自我介紹。

改めて自己紹介させていただきます。
阿啦他妹貼 基口休一咖衣 撒誰貼 衣他搭key媽思
a.ra.ta.me.te./ji.ko.sho.u.ka.i./sa.se.te./i.ta.da.ki.ma.su.
容我正式做個自我介紹。

僭越ながら自己紹介させていただきます。
誰嗯せ此 拿嘎啦 基口休一咖衣 撒誰貼 衣他搭key媽思
se.n.e.tsu./na.ga.ra./ji.ko.sho.u.ka.i./sa.se.te./i.ta.da.ki.ma.su.
恕我冒昧做個自我介紹。

A：それでは、自己紹介させていただきます。

搜勒爹哇　基口休－咖衣　撒誰貼　衣他搭 key 媽思
so.re.de.wa./ji.ko.sho.u.ka.i./sa.se.te./i.ta.da.ki.ma.su.

那個，容我做個自我介紹。

陳太郎と申します。

漆嗯他搜－　偷　謀－吸媽思
chi.n.ta.ro.u./to./mo.u.shi.ma.su.

我的名字是陳太郎。

どうぞよろしくお願いします。

兜－走　優攏吸哭　歐內嘎衣　吸媽思
do.u.zo./yo.ro.shi.ku./o.ne.ga.i./shi.ma.su.

請多多指教。

B：よろしくお願いします。

優攏吸哭　歐內嘎衣　吸媽思
yo.ro.shi.ku./o.ne.ga.i./shi.ma.su.

請多多指教。

單字立即用

自己 紹 介　　自我介紹
じ こ しょうかい

基口休－咖衣　ji. ko. sho. u. ka. i.

それでは　　那麼
搜勒爹哇　so. re. de. wa.

それから　　那麼、接著
搜勒咖啦　so. re. ka. ra.

恐 縮 ながら　　誠惶誠恐
きょうしゅく

克優－噓哭 拿嘎啦　kyo. u. shu. ku. /na. ga. ra.

僭 越 ながら　　恕我冒昧
せんえつ

誰嗯せ此 拿嘎啦　se. n. e. tsu. /na. ga. ra.

ちょっと　　稍微、有點
秋・偷　sho. tto.

簡 単 に　　簡單地
かんたん

咖嗯他嗯你　ka. n. ta. n. ni.

この場を借りて　　藉這個場合
ば か

口 no 巴喔 咖哩貼　ko. no. ba. o. /ka. ri. te.

遞名片

短句立即説

名刺をどうぞ。
妹ー吸　喔　兜ー走
me.i.shi./o./do.u.zo.
這是我的名片。

私の名刺をどうぞ。
哇他吸　no　妹ー吸　喔　兜ー走
wa.ta.shi./no./me.i.shi./o./do.u.zo.
這是我的名片。

こちらは私の名刺です。
口漆啦　哇　哇他吸　no　妹ー吸　爹思
ko.chi.ra./wa./wa.ta.shi./no./me.i.shi./de.su.
這是我的名片。

私の名刺をお渡しいたします。
哇他吸　no　妹ー吸　喔　歐哇他吸　衣他吸媽思
wa.ta.shi./no./me.i.shi./o./o.wa.ta.shi./i.ta.shi.ma.su.
這是我的名片。

短句立即説

こちらは現在の私の名刺です。

口漆啦 哇 給嗯紮衣 no 哇他吸 no 妹ー吸 爹思

ko.chi.ra./wa./ge.n.za.i./no./wa.ta.shi./no./me.i.shi./de.su.

這個是我現在的名片。

名刺を頂戴できますか？

妹ー吸 喔 秋ー搭衣 爹 key 媽思咖

me.i.shi./o./cho.u.da.i./de.ki.ma.su.ka.

可以給我名片嗎？

名刺交換させていただいてよろしいですか？

妹ー吸口ー咖嗯 撒誰貼 衣他搭衣貼 優撰吸ー 爹思咖

me.i.shi.ko.u.ka.n./sa.se.te./i.ta.da.i.te./yo.ro.shi.i./de.su.ka.

可以和我交換名片嗎？

ぜひ名刺交換させていただけませんか？

賊 he 妹ー吸口ー咖嗯 撒誰貼 衣他搭開媽誰嗯咖

ze.hi./me.i.shi.ko.u.ka.n./sa.se.te./i.ta.da.ke.ma.se.n.ka.

可以和我交換名片嗎？

名刺を頂戴できますか？

妹ー吸 喔 秋ー搭衣 爹 key 媽思咖

me.i.shi./o./cho.u.da.i./de.ki.ma.su.ka.

可以給我名片嗎？

會話立即通

A：担当の陳です。

他嗯偷ー no 漆嗯 爹思
ta.n.to.u./no./chi.n./de.su.

我是負責的人，敝姓陳。

私 の名刺です。

哇他吸 no 妹ー吸 爹思
wa.ta.shi./no./me.i.shi./de.su.

這是我的名片。

B：ありがとうございます。

阿哩嘎偷ー 狗紮衣媽思
a.ri.ga.to.u./go.za.i.ma.su.

謝謝。

これは 私 の名刺です。

口勒 哇 哇他吸 no 妹ー吸 爹思
ko.re./wa./wa.ta.shi./no./me.i.shi./de.su.

這是我的名片。

單字立即用

めいし
名刺　　名片
妹ー吸　me.i.shi.

めいしこうかん
名刺交換　　交換名片
妹ー吸ロー咖嗯　me.i.shi.ko.u.ka.n.

ちょうだい
頂　戴　　收下、拿到
秋ー搭衣　cho.u.da.i.

こちら　　這、這邊
口漆啦　ko.chi.ra.

わたし
私　の　　我的
哇他吸　no　wa.ta.shi./no.

なまえ
名前　　名字
拿媽せ　na.ma.e.

かたが
肩書き　　職稱
咖他嘎 key　ka.ta.ga.ki.

めいしい
名刺入れ　　名片夾
妹ー吸衣勒　me.i.shi.i.re.

見面目的

短句立即説

私は観光旅行に来ました。
哇他吸 哇 咖嗯口ー溜口ー 你 key 媽吸他
wa.ta.shi./wa./ka.n.ko.u.ryo.ko.u./ni./ki.ma.shi.ta.
我是來觀光的。

仕事で日本に来ました。
吸狗偷 爹 你吼嗯 你 key 媽吸他
shi.go.to./de./ni.ho.n./ni./ki.ma.shi.ta.
來日本工作。

留学生として日本に来ました。
驢ー嘎哭誰ー 偷吸貼 你吼嗯 你 key 媽吸他
ryu.u.ga.ku.se.i./to.shi.te./ni.ho.n./ni./ki.ma.shi.ta.
來日本留學。

先週引っ越して来ました。
誰嗯噓ー he・口吸貼 key 媽吸他
se.n.shu.u./hi.kko.shi.te./ki.ma.shi.ta.
上星期搬來的。

短句立即説

夫 の仕事で日本に来ました。
歐・愉 no 吸狗愉 爹 你吼嗯 key 媽吸他
o.tto./no./shi.go.to./de./ni.ho.n./ni./ki.ma.shi.ta.
因為老公的工作而來日本。

交換留学で来ました。
ローカ嗯 驢ー嘎哭 爹 key 媽吸他
ko.u.ka.n./ryu.u.ga.ku./de./ki.ma.shi.ta.
來當交換學生。

挨拶に来ました。
阿衣撒此 你 key 媽吸他
a.i.sa.tsu./ni./ki.ma.shi.ta.
來打招呼。

面接に参りました。
妹嗯誰此 你 媽衣哩媽吸他
me.n.se.tsu./ni./ma.i.ri.ma.shi.ta.
來面試。

3 時の面接試験のため参りました
撒嗯基 no 妹嗯誰此吸開嗯 no 他妹 媽衣哩媽吸他
sa.n.ji./no./me.n.se.tsu.shi.ke.n./no./ta.me./ma.i.ri.ma.shi.ta.
為了3點的面試來的。

A：永続大学の陳太郎です。

せー走哭　搭衣嘎哭　no　漆嗯他攄ー　爹思

e.i.zo.ku./da.i.ga.ku./no./chi.n.ta.ro.u./de.su.

我是永續大學的陳太郎。

3 時の面接試験のため参りました。

撒嗯基　no　妹嗯誰此吸開嗯　no　他妹　媽衣哩媽吸他

sa.n.ji./no./me.n.se.tsu.shi.ke.n./no./ta.me./ma.i.ri.ma.shi.ta.

為了 3 點的面試來的。

B：少々お待ちください。

休ー休ー　歐媽漆　哭搭撒衣

sho.u.sho.u./o.ma.chi./ku.da.sa.i.

稍等一下。

A：ありがとうございます。

阿哩嘎愉ー　狗紮衣媽思

a.ri.ga.to.u./go.za.i.ma.su.

謝謝你。

單字立即用

りゅうがく
留 學　　留學
驢一嘎哭　ryu. u. ga. ku.

てんきん
転 勤　　調職
貼嗯 key 嗯　te. n. ki. n.

いみん
移民　　移民
衣咪嗯　i. mi. n.

めんせつ
面 接　　面試
妹嗯誰此　me. n. se. tsu.

さいようめんせつ
採 用 面 接　　求職面試
撒衣優一　妹嗯誰此　sa. i. yo. u. /me. n. se. tsu.

めんせつしけん
面 接 試 験　　面試
妹嗯誰此　吸開嗯　me. n. se. tsu. /shi. ke. n.

あいさつ
挨 拶　　打招呼
阿衣撒此　a. i. sa. tsu.

～のため　　為了～
no 他妹　no. ta. me.

現在的心情

短句立即説

緊張しています。
key 嗯秋一 吸貼 衣媽思
ki.n.cho.u./shi.te./i.ma.su.
覺得很緊張。

ドキドキしています。
兜 key 兜 key 吸貼 衣媽思
do.ki.do.ki./shi.te./i.ma.su.
覺得很緊張。

声が震えています。
口せ 嘎 夫嚕せ貼 衣媽思
ko.e./ga./fu.ru.e.te./i.ma.su.
聲音在抖。(表示很緊張)

うれしいです。
烏勒吸一 爹思
u.re.shi.i./de.su.
很高興。

お会いできてうれしいです。

歐阿衣　爹key貼　烏勒吸ー　爹思

o.a.i./de.ki.te./u.re.shi.i./de.su.

很高興能見面。

光栄です。

ローせー　爹思

ko.u.e.i./de.su.

覺得很榮幸。

お会いできて光栄です。

歐阿衣　爹key貼　ローせー　爹思

o.a.i./de.ki.te./ko.u.e.i./de.su.

覺得很榮幸能見上一面。

大変光栄です。

他衣嘿嗯　ローせー　爹思

ta.i.he.n./ko.u.e.i./de.su.

覺得非常榮幸。

楽しみです。

他no吸咪　爹思

ta.no.shi.mi./de.su.

很期待。

A： 私 の上司の田中健二です。

哇他吸 no 糾一吸 no 他拿咖開嗯基　爹思

wa.ta.shi./no./jo.u.shi./no./ta.na.ka.ke.n.ji./de.su.

這位是我的主管田中健二。（對客戶介紹）

B： 初めまして、田中さん。

哈基妹媽吸貼　他拿咖　撒嗯

ha.ji.me.ma.shi.te./ta.na.ka./sa.n.

你好，田中先生。

お会いできてうれしいです。

歐阿衣　爹 key 貼　烏勒吸一　爹思

o.a.i./de.ki.te./u.re.shi.i./de.su.

很高興能見到你。

私 は陳太郎と申します。

哇他吸　哇　漆嗯他摟一　偷　謀一吸媽思

wa.ta.shi./wa./chi.n.ta.ro.u./to./mo.u.shi.ma.su.

我叫陳太郎。

緊張 **緊張**
きんちょう
key 嗯秋一　　chi.n.cho.u.

うれしい **高興**
烏勒吸一　　u.re.shi.i.

楽しみ **期待**
たの
他 no 吸咪　　ta.no.shi.mi.

ドキドキ **緊張**
兜 key 兜 key　　do.ki.do.ki.

光栄 **榮幸**
こうえい
ロ一せ一　　ko.u.e.i.

幸せ **幸福**
しあわ
吸阿哇誰　　shi.a.wa.se.

ありがたい **感激、慶幸**
阿哩嘎他衣　　a.ri.ga.ta.i.

興奮 **興奮**
こうふん
ロ一夫嗯　　ko.u.fu.n.

菜日語
To Introduce Myself in Japanese
自我介紹篇

基本資料

To Introduce
Myself in Japanese

姓名

短句立即説

私 は陳太郎です。
哇他吸 哇 漆嗯他摟ー 爹思
wa.ta.shi./wa./chi.n.ta.ro.u./de.su.
我是陳太郎。

私 は陳太郎と言います。
哇他吸 哇 漆嗯他摟ー 偷 衣ー媽思
wa.ta.shi./wa./chi.n.ta.ro.u./to./i.i.ma.su.
我的名字是陳太郎。

私 は陳太郎と申します。
哇他吸 哇 漆嗯他摟ー 偷 謀ー吸媽思
wa.ta.shi./wa./chi.n.ta.ro.u./to./mo.u.shi.ma.su.
我的名字是陳太郎。

タローと呼んで下さい。
他摟ー 偷 優嗯爹 哭搭撒衣
ta.ro.o./to./yo.n.de./ku.da.sa.i.
請叫我太郎。

短句立即説

あだ名は福ちゃんです。
阿搭拿　哇　夫哭掐嗯　爹思
a.da.na./wa./fu.ku.cha.n./de.su.
小名叫阿福。

名前はタローと言います。
拿媽せ　哇　他攞ー　偷　衣ー媽思
na.ma.e./wa./ta.ro.u.to./i.i.ma.su.
我的名字是太郎。

私は陳太郎でございます。
哇他吸　哇　漆嗯他攞ー　爹　狗紮衣媽思
wa.ta.shi./wa./chi.n.ta.ro.u./de./go.za.i.ma.su.
我是陳太郎。

名前は陳太郎です。
拿媽せ　哇　漆嗯他攞ー　爹思
na.ma.e./wa./chi.n.ta.ro.u./de.su.
我叫陳太郎。

苗字は陳でございます。
咪優ー基　哇　漆嗯　爹　狗紮衣媽思
myo.u.ji./wa./chi.n./de./go.za.i.ma.su.
我姓陳。

A：はじめまして、陳太郎と申します。
哈基妹媽吸貼　漆嗯他搜ー　偷　謀ー吸媽思
ha.ji.me.ma.shi.te./chi.n.ta.ro.u./to/mo.u.shi.ma.su.
初次見面，我叫陳太郎。

B：はじめまして、藤岡と申します。
哈基妹媽吸貼　夫基歐咖　偷　謀ー吸媽思
ha.ji.me.ma.shi.te./fu.ji.o.ka./to/mo.u.shi.ma.su.
初次見面，我姓藤岡。

A：すみません、もう一度教えていただいてよ
ろしいですか？
思咪媽誰嗯　謀ー　衣漆兜ー　歐吸せ貼　衣他搭衣貼　優
搜吸ー　爹思咖
su.mi.ma.se.n./mo.u./i.chi.do./o.shi.e.te./i.ta.da.i.te./yo.ro.shi.
i./de.su.ka.
不好意思，可以請你再説一次嗎？

B：フジオカです。
夫基歐咖　爹思
fu.ji.o.ka./de.su.
我姓「藤岡」。

單字立即用

名前　名字
<ruby>名<rt>な</rt>前<rt>まえ</rt></ruby>
拿媽せ　na. ma. e.

苗字　　姓
<ruby>苗<rt>みょうじ</rt>字</ruby>
咪優ー基　myo. u. ji.

あだ名　　綽號
あだ<ruby>名<rt>な</rt></ruby>
阿搭拿　a. da. na.

ニックネーム　　綽號
你・哭內ー母　ni. kku. ne. e. mu.

旧　姓　　改夫姓前的舊姓
<ruby>旧<rt>きゅうせい</rt>姓</ruby>
Qー誰ー　kyu. u. se. i.

読み方　念法
<ruby>読<rt>よ</rt>み<ruby>方<rt>かた</rt></ruby>
優咪咖他　yo. mi. ka. ta.

〜と言います　　叫做〜
〜と<ruby>言<rt>い</rt>います</ruby>
偷衣ー媽思　to. i. i. ma. su.

〜と申します
　　　　　　叫做〜（比「〜と言います」有禮貌）
〜と<ruby>申<rt>もう</rt>します</ruby>
偷謀ー吸媽思　to. mo. u. shi. ma. su.

年齢生日

短句立即説

私 は 20 歳です。
わたし　はたち

哇他吸　哇　哈他漆　爹思

wa.ta.shi.wa./ha.ta.chi.de.su.

我 20 歲了。

私 の 誕生日は、4 月 3 日です。
わたし　たんじょうび　しがつみっか

哇他吸　no　他嗯糾一逼　哇　吸嘎此　咪·咖　爹思

wa.ta.shi./no./ta.n.jo.u.bi./wa./shi.ga.tsu./mi.kka.de.su.

我的生日是 4 月 3 日。

私 は 1 9 8 6 年に生まれました。
わたし　せんきゅうひゃくはちじゅうろくねん　う

哇他吸　哇　誰嗯Q一合呀哭　哈漆居一搜哭內嗯　你　烏

媽勒媽吸他

wa.ta.shi.wa./se.n.kyu.u.hya.ku./ha.chi.ju.u.ro.ku.ne.n./ni./

u.ma.re.ma.shi.ta.

我是 1986 年生的。

年齢のことは話したくないんですが…。
ねんれい　　　　　　はな

內嗯勒一　no　口偷　哇　哈拿吸他哭拿衣嗯　爹思嘎

ne.n.re.i./no./ko.to./wa./ha.na.shi.ta.ku.na.i.n./de.su.ga.

我不想透露年齡。

数日前に３０歳の誕生日を迎えました。
思烏基此媽せ　你　撒嗯基‧撒衣　no　他嗯糾一逼　喔
母咖せ媽吸他
su.u.ji.tsu.ma.e./ni./sa.n.ji.ssa.i./no./ta.n.jo.u.bi./o./mu.ka.
e.ma.shi.ta.

我前幾天過了30歲生日。

私の誕生日も２月６日です。
哇他吸　no　他嗯糾一逼　謀　你嘎此　母衣咖　爹思
wa.ta.shi./no./ta.n.jo.u.bi./mo./ni.ga.tsu./mu.i.ka./de.su.

我也是2月6日生的。

私はねずみ年生まれです。
哇他吸　哇　內資咪兜吸　烏媽勒　爹思
wa.ta.shi./wa./ne.zu.mi.do.shi./u.ma.re./de.su.

我是屬鼠的。

西暦だと１９８６年です。
誰一勒 key 搭兜　誰嗯Ｑ一合呀哭　哈漆居一摟哭內嗯　爹
思
se.i.re.ki.da.to./se.n.kyu.u.hya.ku./ha.chi.ju.u.ro.ku.ne.n./
de.su.

等於是西元1986年。

まだ２４歳です。
媽搭　你居一優嗯撒衣　爹思
ma.da./ni.ju.u.yo.n.sa.i./de.su.

還只有24歲。

A： 私は陳太郎です。

哇他吸 哇 漆嗯他摟一 爹思

wa.ta.shi./wa./chi.n.ta.ro.u./de.su.

我叫陳太郎。

誕生日は4月3日です。

他嗯糾一逼 哇 吸嘎此 咪‧咖 爹思

ta.n.jo.u.bi./wa./si.ga.tsu./mi.kka./de. su.

生日是4月3日。

B： 偶然ですね。

古一賊嗯 爹思內

gu.u.ze.n./de.su.ne.

真是太巧了。

私の誕生日も4月3日です。

哇他吸 no 他嗯糾一逼 謀 吸嘎此 咪‧咖 爹思

wa.ta.shi./no./ta.n.jo.u.bi./mo./shi.ga.tsu./mi.kka./de.su.

我的生日也是4月3日。

誕生日　生日
たんじょうび
他嗯糾一逼　ta.n.jo.u.bi.

生年月日　出生年月日
せいねんがっぴ
誰一內嗯嘎‧披　se.i.ne.n.ga.ppi.

西暦　西元
せいれき
誰一勒 key　se.i.re.ki.

年　年
ねん
內嗯　ne.n.

～歳　歲
さい
撒衣　sa.i.

おいくつ　幾歲
歐衣哭此　o.i.ku.tsu.

昭和　昭和（1926～1989，日本的年號）
しょうわ
休一哇　sho.u.wa.

平成　平成（1989～，日本的年號）
へいせい
嘿一誰一　he.i.se.i.

星座血型

短句立即説

私 はおうし座です。
わたし　　　　　ざ
哇他吸　哇　歐烏吸紮　爹思
wa.ta.shi./wa./o.u.shi.za./de.su.
我是金牛座。

私 の星座はしし座です。
わたし　せいざ　　　　　ざ
哇他吸　no　誰一紮　哇　吸吸紮　爹思
wa.ta.shi./no./se.i.za./wa./shi.shi.za./de.su.
我是獅子座。

星座はやぎ座です。
せいざ　　　　　ざ
誰一紮　哇　呀個衣紮　爹思
se.i.za./wa./ya.gi.za./de.su.
我是摩羯座。

A 型のさそり座です。
がた
せ嘎他　no　撒搜哩紮　爹思
e.ga.ta./no./sa.so.ri.za./de.su.
A 型天蠍座。

田中さんと同じてんびん座です。

他拿咖 撒嗯 偷 歐拿基 貼嗯逼嗯紮 爹思

ta.na.ka./sa.n./to./o.na.ji./te.n.bi.n.za./de.su.

和田中先生一樣是天秤座。

1 月 20 日生まれのみずがめ座です。

衣漆嘎此 哈此咖 烏媽勒 no 咪資嘎妹紮 爹思

i.chi.ga.tsu./ha.tsu.ka./u.ma.re./no./mi.zu.ga.me.za./de.su.

1 月 20 日生，水瓶座。

自由が大好きないて座です。

基瘀ー 嘎 搭衣思 key 拿 衣貼紮 爹思

ji.yu.u./ga./da.i.su.ki.na./i.te.za./de.su.

熱愛自由的射手座。

典型的な A 型のおとめ座です。

貼嗯開ー貼 key 拿 せ嘎他 no 歐偷妹紮 爹思

te.n.ke.i.te.ki.na./e.ga.ta./no./o.to.me.za./de.su.

典型 A 型處女座。

私 もかに座です。

哇他吸 謀 咖你

wa.ta.shi./mo./ka.ni.za./de.su.

我也是巨蟹座。

A：田中くんの星座は<ruby>何座<rt>なにざ</rt></ruby>ですか？

他拿咖 哭嗯 no 誰ー紮 哇 拿你紮 爹思咖

ta.na.ka./ku.n./no./se.i.za./wa./na.ni.za./de.su.ka.

田中，你是什麼星座？

B：３<ruby>月<rt>がつ</rt></ruby><ruby>生<rt>う</rt></ruby>まれのうお<ruby>座<rt>ざ</rt></ruby>です。

撒嗯嘎此 烏媽勒 no 烏歐紮 爹思

sa.n.ga.tsu./u.ma.re./no./u.o.za./de.su.

我３月生的，是雙魚座。

<ruby>福田先輩<rt>ふくだせんぱい</rt></ruby>は？

夫哭搭 誰嗯趴衣 哇

fu.ku.da./se.n.pa.i./wa.

福田學姊是什麼座呢？

A：<ruby>私<rt>わたし</rt></ruby>はおひつじ<ruby>座<rt>ざ</rt></ruby>です。

哇他吸哇 歐 he 此基紮 爹思

wa.ta.shi./wa./o.hi.tsu.ji.za./de.su.

我是牡羊座。

單字立即用

星座　星座
せいざ
誰一紮　se. i. za.

占い　占卜
うらな
烏啦拿衣　u. ra. na. i.

何座　什麼星座
なにざ
拿你紮　na. ni. za.

同じ　一樣
おな
歐拿基　o. na. ji.

典型的な　典型的
てんけいてき
貼嗯開一貼 key 拿　te. n. ke. i. te. ki. na.

運勢　運勢
うんせい
烏嗯誰一　u. n. se. i.

ラッキーアイテム　幸運物
啦・key 一阿衣貼母　ra. kki. i. /a. i. te. mu.

ふたご座　雙子座
ざ
夫他狗紮　fu. ta. go. za.

國籍

短句立即説

わたし たいわんじん
私 は台湾人です。
哇他吸 哇 他衣哇嗯基嗯 爹思
wa.ta.shi./wa./ta.i.wa.n.ji.n./de.su.
我是台灣人。

たいわん き
台湾から来ました。
他衣哇嗯 咖啦 key 媽吸他
ta.i.wa.n./ka.ra./ki.ma.shi.ta.
我來自台灣。

たいぺい う
台北で生まれました。
他衣呸ー 爹 烏媽勒媽吸他
ta.i.pe.i./de./u.ma.re.ma.shi.ta.
在台北出生。

たいわん たいぺい う
台湾の台北で生まれました。
他衣哇嗯 no 他衣呸ー 爹 烏媽勒媽吸他
ta.i.wa.n./no./ta.i.pe.i./de./u.ma.re.ma.shi.ta.
在台灣的台北出生。

たいぺい　そだ
台北で育ちました。
他衣呸ー　爹　搜搭漆媽吸他
ta.i.pe.i./de./so.da.chi.ma.shi.ta.
在台北長大。

わたし　　たいわんじん
私 は台湾人です。
哇他吸　哇　他衣哇嗯基嗯　爹思
wa.ta.shi./wa./ta.i.wa.n.ji.n./de.su.
我是台灣人。

わたし　　たいわんしゅっしん
私 は台湾出身です。
哇他吸　哇　他衣哇嗯嚧·吸嗯　爹思
wa.ta.shi./wa./ta.i.wa.n.shu.sshi.n./de.su.
我是台灣人。/ 我在台灣長大。

じっか　たいちゅうし
実家は台中市です。
基·咖　哇　他衣去ー吸　爹思
ji.kka./wa./ta.i.chu.u.shi./de.su.
老家在台中市。

たいわん　　たかお　　しゅっしん
台湾の高雄の出身です。
他衣哇嗯　no　他咖歐　no　嚧·吸嗯　爹思
ta.i.wa.n./no./ta.ka.o./no./shu.sshi.n./de.su.
我是台灣高雄人。

A：陳さんの実家はどこですか？

漆嗯撒嗯 no 基・咖 哇 兜口 爹思咖

chi.n.sa.n./no./ji.kka./wa./do.ko./de.su.ka.

陳先生，你的故鄉在哪裡呢？

B：南投県です。

拿嗯偷一開嗯 爹思

na.n.tou.ke.n./de.su.

故鄉在南投縣。

台湾の中部にあります。

他衣哇嗯 no 去一捕 你 阿哩媽思

ta.i.wa.n./no./chu.u.bu./ni./a.ri.ma.su.

位於台灣的中部。

お酒造りで有名なところです。

歐撒開資哭哩 爹 瘀一妹一拿 偷口搜 爹思

o.sa.ke.zu.ku.ri./de./yu.u.me.i.na./to.ko.ro./de.su.

是以造酒聞名的地方。

單字立即用

じっか
実家　老家、故郷、父母家
基・咖　ji. kka.

う
生まれ　出生
烏媽勒　u. ma. re.

そだ
育ち　長大、養育
搜搭漆　so. da. chi.

たいわんじん
台湾人　台灣人
他衣哇嗯基嗯　ta. i. wa. n. ji. n.

しゅっしんち
出身地　故鄉
嘘・吸嗯漆　shu. sshi. n. chi.

くに
国　國家、故鄉
哭你　ku. ni.

ふるさと
故郷　故鄉
夫嚕撒偷　fu. ru. sa. to.

ちほう
地方　鄉下、非都市地區
漆吼ー　chi. ho. u.

居住地

短句立即説

台北に住んでいます。
他衣呸ー 你 思嗯爹 衣媽思
ta.i.pe.i./ni./su.n.de.i.ma.su.
我住在台北。

東京で暮らしています。
偷ー克優ー 爹 哭啦吸貼 衣媽思
to.u.kyo.u./de./ku.ra.shi.te./i.ma.su.
住在東京。

今は大阪に住んでいます。
衣媽 哇 歐ー撒咖 你 思嗯爹 衣媽思
i.ma./wa./o.o.sa.ka./ni./su.n.de./i.ma.su.
現在住在大阪。

しばらく名古屋に住んでいます。
吸巴啦哭 拿狗呀 你 思嗯爹 衣媽思
shi.ba.ra.ku./na.go.ya./ni./su.n.de./i.ma.su.
暫時住在名古屋。

短句立即説

東京で1人暮らししています。
偷－克優－ 参 he 偷哩古啦吸 吸貼 衣媽思
to.u.kyo.u./de./hi.to.ri.gu.ra.shi./shi.te./i.ma.su.
1個人在東京生活。

去年台北に引越しました。
克優內嗯 他衣呸－ 你 he‧口吸媽吸他
kyo.ne.n./ta.i.pe.i./ni./hi.kko.shi.ma.shi.ta.
去年搬到台北。

家族と台北に住んでいます。
咖走哭 偷 他衣呸－ 你 思嗯参 衣媽思
ka.zo.ku./to./ta.i.pe.i./ni./su.n.de./i.ma.su.
和家人住在台北。

ロンドンに暮らし始めて4年目です。
摟嗯兜嗯 你 哭啦吸 哈基妹貼 優內嗯妹 参思
ro.n.do.n./ni./ku.ra.shi./ha.ji.me.te./yo.ne.n.me./de.su.
在倫敦住4年了。

新宿区でアパートを借りています。
吸嗯居哭哭 参 阿趴－偷 喔 咖哩貼 衣媽思
shi.n.ju.ku.ku./de./a.pa.a.to./o./ka.ri.te./i.ma.su.
在新宿區租了房子住。

A：今どこに住んでいますか？

衣媽　兜口你　思嗯爹　衣媽思咖
i.ma./do.ko.ni./su.n.de./i.ma.su.ka.

你現在住在哪裡？

B：東京で暮らしています。

偷一克優一　爹　哭啦吸貼　衣媽思
to.u.kyo.u./de./ku.ra.shi.te./i.ma.su.

住在東京。

A：家族と一緒ですか？

咖走哭　偷　衣・休　爹思咖
ka.zo.ku./to./i.ssho./de.su.ka.

和家人一起住嗎？

B：いいえ、1人暮らしです。

衣一せ　he　偷哩古啦吸　爹思
i.i.e./hi.to.ri.gu.ra.shi./de.su.

不，我1個人住。

單字立即用

～に住んでいます　　住在～

你　思嗯參　衣媽思　　ni. /su. n. de. /i. ma. su.

1人暮らし　　1個人住

he 偷哩古啦吸　　hi. to. ri. gu. ra. shi.

ルームメイト　　室友

嚕－母妹衣偷　　ru. u. mu. /me. i. to.

寮　　宿舍

溜－　　ryo. u.

社宅　　公司宿舍

瞎他哭　　sha. ta. ku.

アパート　　公寓

阿趴－偷　　a. pa. a. to.

マンション　高級公寓

媽嗯休嗯　　ma. n. sho. n.

住所　　地址

居－休　　ju. u. sho.

菜日語

To Introduce Myself in Japanese

自我介紹篇

外表個性

To Introduce
Myself in Japanese

待人態度

短句立即説

私 はさっぱりした性格です。
哇他吸　哇　撒・趴哩吸他　誰－咖哭　爹思
wa.ta.shi./wa./sa.ppa.ri.shi.ta./se.i.ka.ku./de.su.
我是很乾脆的人。

誰とでも仲良く出来ます。
搭勒　偷　爹謀　拿咖優哭　爹key媽思
da.re./to./de.mo./na.ka.yo.ku./de.ki.ma.su.
和誰都能好好相處。

少し頑固だと思います。
思口吸　嘎嗯口搭　偷　歐謀衣媽思
su.ko.shi./ga.n.ko.da./to./o.mo.i.ma.su.
有點頑固。

私 は内気です。
哇他吸　哇　烏漆key　爹思
wa.ta.shi./wa./u.chi.ki./de.su.
我很內向。

短句立即説

明るい性格ですが、負けず嫌いです。

阿咖嚕衣　誰一咖哭　爹思嘎　媽開資個衣啦衣　爹思

a.ka.ru.i/se.i.ka.ku/de.su.ga/ma.ke.zu.gi.ra.i/de.su.

我的個性很開朗，但不服輸。

ちょっと短気なところもあります。

秋・偷　他嗯 key 拿　偷口搜　謀　阿哩媽思

cho.tto/ta.n.ki.na/to.ko.ro/mo.a.ri.ma.su.

有點沒耐性。

正直でまっすぐです。

休一基 key 爹　媽・思古　爹思

sho.u.ji.ki./de./ma.ssu.gu./de.su.

誠實又直率。

外向的で陽気な性格です。

嘎衣口一貼 key 爹　優一 key 拿　誰一咖哭　爹思

ga.i.ko.u.te.ki./de./yo.u.ki.na./se.i.ka.ku./de.su.

個性外向很陽光。

おおらかで前向きな性格です。

歐一啦咖　爹　媽せ母 key 拿　誰一咖哭　爹思

o.o.ra.ka./de./ma.e.mu.ki.na./se.i.ka.ku./de.su.

個性不拘小節又很樂觀。

A：自分がどんな人だと思いますか？
基捕嗯　嘎　兜嗯拿 he 偷搭　偷　歐謀衣媽思咖
ji.bu.n./ga./do.n.na./hi.to.da./to./o.mo.i.ma.su.ka.
你覺得自己是怎麼樣的人？

B：私 はおおらかで前向きな性格です。
哇他吸　哇　歐一啦咖　爹　媽せ母 key 拿　誰一咖哎　爹
思
wa.ta.shi./wa./o.o.ra.ka./de./ma.e.mu.ki.na./se.i.ka.ku./de.su.
我的個性不拘小節很樂觀。

人と 協 力するのが一番好きです。
he 偷　偷　克優一溜哭思嚕 no 嘎　衣漆巴嗯　思 key　爹
思
hi.to./to./kyo.u.ryo.ku.su.ru./no.ga./i.chi.ba.n./su.ki./de.su.
很喜歡和人彼此合作。

心 遣いが細やかだと思います。
口口捜資咖衣　嘎　口媽呀咖搭　偷　歐謀衣媽思
ko.ko.ro.zu.ka.i./ga./ko.ma.ya.ka.da./to./o.mo.i.ma.su.
是很為人著想的。

らくてんてき
楽天的な　　樂觀的
啦哭貼嗯貼 key 拿　　ra. ku. te. n. te. ki. na.

ほが
朗らかな　　開朗的
吼嘎啦咖拿　　ho. ga. ra. ka. na.

マイペース　　我行我素
媽衣呸一思　　ma. i. pe. e. su.

やさ
優しい　　溫柔的
呀撒吸一　　ya. sa. shi. i.

しんせつ
親切な　　親切的
吸嗯誰此拿　　shi. n. se. tsu. na.

そっちょく
率直な　　坦率的
搜‧秋哭拿　　so. ccho. ku. na.

ひとなつ
人懐っこい　　和人親近的
he 偷　拿此‧口衣　　hi. to. /na. tsu. kko. i.

おんこう
温厚な　　溫和的
歐嗯口一拿　　o. n. ko. u. na.

處事態度

短句立即説

負けず嫌いな性格だと思います。

媽開資個衣啦衣拿　誰－咖哭搭　偷　歐謀衣媽思

ma.ke.zu.gi.ra.i.na./se.i.ka.ku.da./to./o.mo.i.ma.su.

我是不服輸的個性。

几帳面です。

key 秋－妹嗯　爹思

ki.cho.u.me.n./de.su.

我很一絲不苟。

平和主義者です。

嘿－哇　嘘個衣瞎　爹思

he.i.wa./shu.gi.sha./de.su.

抱持和平主義。

向上心があってとても努力家です。

口－糾－吸嗯　嘎　阿・貼　偷貼謀　兜溜哭咖　爹思

ko.u.jo.u.shi.n./ga./a.tte./to.te.mo./do.ryo.ku.ka./de.su.

有上進心，十分努力的人。

まじめで几帳面な性格です。

媽基妹　爹　key秋ー妹嗯拿　誰ー咖哭　爹思

ma.ji.me./de./ki.cho.u.me.n.na./se.i.ka.ku./de.su.

認真又一絲不苟的個性。

責任感が強いと思います。

誰key你嗯咖嗯　嘎　此優衣　偷　歐謀衣媽思

se.ki.ni.n.ka.n:/ga./tsu.yo.i./to./o.mo.i.ma.su.

很有責任感。

創造性があります。

搜ー走ー誰ー　嘎　阿哩媽思

so.u.zo.u.se.i./ga./a.ri.ma.su.

有創意的人。

チームワークを大切にしています。

漆ー母哇ー哭　喔　他衣誰此　你　吸貼衣媽思

chi.i.mu./wa.a.ku./o./ta.i.se.tsu./ni./shi.te.i.ma.su.

喜歡團隊合作。

根性があります。

口嗯糾ー　嘎．阿哩媽思

ko.u.jo.u./ga./a.ri.ma.su.

有毅力。

A：田中さんはどんな性格ですか？

他拿咖撒嗯　哇　兜嗯拿　誰一咖哭　爹思咖

ta.na.ka.sa.n./wa./do.n.na./se.i.ka.ku./de.su.ka.

田中先生，你覺得自己是什麼樣個性的人呢？

B：責任感が強いと思います。

誰key你嗯咖嗯　嘎　此優衣　偷　歐謀衣媽思

se.ki.ni.n.ka.n./ga./tsu.yo.i./to./o.mo.i.ma.su.

我覺得自己很有責任感。

一度決めた目標は最後までやり遂げます。

衣添兜　key妹他　謀哭合優一　哇　撒衣狗　媽爹　呀哩

偷給媽思

i.chi.do./ki.me.ta./mo.ku.hyo.u./wa./sa.i.go./ma.de./ya.ri.

to.ge.ma.su.

一旦決定的目標就會堅持到最後。

芯が強い性格です。

吸嗯　嘎　此優衣　誰一咖哭　爹思

shi.n./ga./tsu.yo.i./se.i.ka.ku./de.su.

是意志力很強的人。

せっきょくてき
積極的な　　積極的

誰・克優哭貼 key 拿　　se. kkyo. ku. te. ki. na.

こうきしんおうせい
好奇心旺盛な　　充滿好奇心的

ロー key 吸嗯歐－誰－拿　　ko. u. ki. shi. n. /o. u. se. i. na.

きび
厳しい　　嚴厲的

key 逼吸－　　ki. bi. shi. i.

き　みじか
気が短い　　沒耐性的

key 嘎 咪基咖衣　　ki. /ga. /mi. ji. ka. i.

だいたん
大胆な　　大膽的

搭衣他嗯拿　　da. i. ta. n. na.

きんべん
勤勉な　　勤奮的

key 嗯背嗯拿　　ki. n. be. n. na.

ねっしん
熱心な　　熱心的、熱衷的

內・吸嗯拿　　ne. sshi. n. na.

しんちょう
慎重な　　謹慎的

吸嗯秋－拿　　shi. n. cho. u. na.

外表特徴

短句立即説

しんちょう ひゃくはちじゅっ
身長は１８０センチです。
吸嗯秋ー 哇 合呀哭哈漆居・ 誰嗯漆 爹思
shi.n.cho.u./wa./hya.ku.ha.chi.ju./sse.n.chi./de.su.
身高 180 公分。

まえ たいじゅう ごじゅっ
前の体重は５０キロでした。
嫣せ no 他衣居ー 哇 狗居・ key 撈 爹吸他
ma.e./no./ta.i.ju.u./wa./go.ju./kki.ro./de.shi.ta.
之前的體重是 50 公斤。

ねこがお い
猫顔だとよく言われます。
內口嘎歐搭 偷 優哭 衣哇勒嫣思
ne.ko.ga.o.da./to./yo.ku.i.wa.re.ma.su.
我常被説長得像貓。

ほねぶと や
骨太ですが、痩せています。
吼內捕偷 爹思嘎 呀誰貼 衣嫣思
ho.ne.bu.to./de.su.ga./ya.se.te./i.ma.su.
我雖然骨架大，但很瘦。

にほんじん　　　　へいきん　　　　たか
日本人の平均より高いです。
你吼嗯基嗯 no 嘿－key嗯 優哩　他咖衣　爹思
ni.ho.n.ji.n./no./he.i.ki.n./yo.ri./ta.ka.i./de.su.
比日本人的平均高。

ひ　や
ゴルフで、こんなに日焼けしました。
狗嚕夫　爹　口嗯拿你　he 呀開吸媽吸他
go.ru.fu./de./ko.n.na.ni./hi.ya.ke.shi.ma.shi.ta.
因為打高爾夫，晒得這麼黑。

いぜん　や
以前は痩せていました。
衣賊嗯　哇　呀誰貼　衣媽吸他
i.ze.n./wa./ya.se.te./i.ma.shi.ta.
以前很瘦。

こ　　かお
濃い顔です。
口衣咖歐　爹思
ko.i./ka.o./de.su.
輪廓很深。

す
ラフなスタイルが好きです。
啦夫拿　思他衣嚕　嘎　思key　爹思
ra.fu.na./su.ta.i.ru./ga./su.ki./de.su.
我喜歡輕鬆的打扮。

會話立即通

A：背が高いですね。
誰　嘎　他咖衣　爹思內
se./ga./ta.ka.i./de.su.ne.
你長得很高呢。

B：はい。身長は１８０センチです。
哈衣　吸嗯秋ー　哇　合呀哭哈漆居·　誰嗯漆　爹思
ha.i./shi.n.cho.u./wa./hya.ku.ha.chi.ju.sse.n.chi./de.su.
嗯，我身高 180 公分。

高いですから、
他咖衣　爹思　咖啦
ta.ka.i./de.su./ka.ra.
因為長得高，

いつも後ろの席に座らされています。
衣此謀　烏吸摟　no　誰key　你　思哇啦撒勒貼　衣媽思
i.tsu.mo./u.shi.ro./no./se.ki./ni./su.wa.ra.sa.re.te./i.ma.su.
一直被安排在後面的座位。

顔　臉
かお

咖歐　ka. o.

目　眼睛
め

妹　me.

眉毛　眉毛
まゆげ

媽瘀給　ma. yu. ge.

耳　耳朵
みみ

咪咪　mi. mi.

口　嘴巴
くち

哭漆　ku. chi.

鼻　鼻子
はな

哈拿　ha. na.

歯　牙齒
は

哈　ha.

唇　嘴唇
くちびる

哭漆逼嚕　ku. chi. bi. ru.

菜日語
To Introduce Myself in Japanese
自我介紹篇

家族構成

To Introduce
Myself in Japanese

婚姻狀態

短句立即説

結婚しています。
けっこん
開・口嗯吸貼　衣媽思
ke.kko.n.shi.te./i.ma.su.
已婚。

独身です。
どくしん
兜哭吸嗯　爹思
do.ku.shi.n./de.su.
單身。

まだ結婚していません。
けっこん
媽搭　開・口嗯吸貼　衣媽誰嗯
ma.da./ke.kko.n.shi.te./i.ma.se.n.
未婚。

こちらは夫の太郎です。
おっと　たろう
口漆啦　哇　歐・偷 no 他搜ー　爹思
ko.chi.ra./wa./o.tto./no./ta.ro.u./de.su.
這是我先生太郎。

せんげつ かいめ けっこんきねんび むか
先月 4 回目の結婚記念日を迎えました。

誰嗯給此 優嗯咖衣妹 no 開・口嗯key內嗯逼 喔 母
咖せ媽吸他

se.n.ge.tsu./yo.n.ka.i.me./no./ke.kko.n.ki.ne.n.bi./o./mu.ka.
e.ma.shi.ta.

上星期是結婚4週年紀念。

つま しゅっぱんしゃ しごと
妻は出版社で仕事をしています。

此媽 哇 嘘・趴嗯瞎 爹 吸狗偷 喔 吸貼 衣媽思
tsu.ma./wa./shu.ppa.n.sha./de./shi.go.to./o./shi.te./i.ma.su.

內人在出版社工作。

しゅじん わたし いく としうえ
主人は私より幾つか年上です。

嘘基嗯 哇 哇他吸 優哩 衣哭此咖 偷吸烏せ 爹思
shu.ji.n./wa./wa.ta.shi./yo.ri./i.ku.tsu.ka./to.shi.u.e./de.su.

我的先生比我大幾歲。

けっこん
結婚はまだしたくないです。

開・口嗯 哇 媽搭 吸他哭拿衣 爹思
ke.kko.n./wa./ma.da./shi.ta.ku.na.i./de.su.

還不想結婚。

けっこん あきら
結婚はまだ諦めていないです。

開・口嗯 哇 媽搭 阿key啦妹貼 衣拿衣 爹思
ke.kko.n./wa./ma.da./a.ki.ra.me.te./i.na.i./de.su.

還沒放棄結婚的希望。

A：田中さんは結婚されていますか？
他拿咖撒嗯 哇 開・口嗯 撒勒貼 衣媽思咖
ta.na.ka./sa.n.wa./ke.kko.n./sa.re.te./i.ma.su.ka.
田中先生，您結婚了嗎？

B：はい、結婚しています。
哈衣 開・口嗯 吸貼 衣媽思
ha.i./ke.kko.n./shi.te./i.ma.su.
是的，我結婚了。

妻は出版社で仕事をしています。
此媽 哇 嘘・趴嗯瞎 爹 吸狗偷 喔 吸貼 衣媽思
tsu.ma./wa./shu.ppa.n.sha./de./shi.go.to.o./shi.te.i.ma.su.
內人在出版社工作。

先月 4 回目の結婚記念日を迎えました。
誰嗯給此 優嗯咖衣妹 no 開・口嗯 key 內嗯逼 喔 母
咖せ媽吸他
se.n.ge.tsu./yo.n.ka.i.me./no./ke.kko.n.ki.ne.n.bi./o./mu.ka.
e.ma.shi.ta.
上星期是結婚 4 週年紀念。

きこんしゃ
既婚者　　已婚者
key 口嗯瞎　　ki. ko. n. sha.

みこんしゃ
未婚者　　單身者
咪口嗯瞎　　mi. ko. n. sha.

どくしん
独身　單身
兜哭吸嗯　　do. ku. shi. n.

さいたいしゃ
妻帯者　　有妻室的人
撒衣他衣瞎　　sa. i. ta. i. sha.

けっこん
結婚　　結婚
開・口嗯　　ke. kko. n.

りこん
離婚　　離婚
哩口嗯　　ri. kko. n.

べっきょ
別居　　分居
背・克優　　be. kkyo.

ないえん
内縁　　沒有正式婚姻關係
拿衣せ嗯　　na. i. e. n.

家族構成

かぞく さんにん
家族は 3 人います。
咖走哭 哇 撒嗯你嗯 衣媽思
ka.zo.ku./wa./sa.n.ni.n./i.ma.su.
家裡有3個人

よにんかぞく
4 人家族です。
優你嗯 咖走哭 爹思
yo.ni.n./ka.zo.ku./de.su.
家裡有4個人。

わたし ちち いしゃ
私 の父は医者です。
哇他吸 no 漆漆 哇 衣瞎 爹思
wa.ta.shi./no./chi.chi./wa./i.sha./de.su.
我的父親是醫生。

あに ひとり いもうと ふたり
兄が1人、 妹 が2人います。
阿你 嘎 he 偷哩 衣謀－偷 嘎 夫他哩 衣媽思
a.ni./ga./hi.to.ri./i.mo.u.to./ga./fu.ta.ri./i.ma.su.
有1個哥哥，2個妹妹。

短句立即説

私 は1人っ子です。
<ruby>私<rt>わたし</rt></ruby> <ruby>1人<rt>ひとり</rt></ruby>っ<ruby>子<rt>こ</rt></ruby>

哇他吸　哇　he 偷哩・口　爹思
wa.ta.shi.wa./hi.to.ri.kko./de.su.

我是獨生子（女）。

私 たちは双子です。
<ruby>私<rt>わたし</rt></ruby> <ruby>双子<rt>ふたご</rt></ruby>

哇他吸他漆　哇　夫他狗　爹思
wa.ta.shi.ta.chi./wa./fu.ta.go./de.su.

我們是雙胞胎。

弟 とは5つ離れています。
<ruby>弟<rt>おとうと</rt></ruby> <ruby>5<rt>いつ</rt></ruby>つ<ruby>離<rt>はな</rt></ruby>

歐偷－偷　偷哇　衣此此　哈拿勒貼　衣媽思
o.to.u.to./to.wa./i.tsu.tsu./ha.na.re.te./i.ma.su.

和弟弟差5歲。

子供が2人います。
<ruby>子供<rt>こども</rt></ruby> <ruby>2人<rt>ふたり</rt></ruby>

口兜謀　嘎　夫他哩　衣媽思
ko.do.mo./ga./fu.ta.ri./i.ma.su.

我有2個孩子。

上の子は 男 の子です。
<ruby>上<rt>うえ</rt></ruby>の<ruby>子<rt>こ</rt></ruby> <ruby>男<rt>おとこ</rt></ruby>の<ruby>子<rt>こ</rt></ruby>

烏せ no 口　哇　歐偷口 no 口　爹思
u.e.no.ko./wa./o.to.ko.no.ko./de.su.

大的是男孩子。

A：何人家族ですか？
なんにんかぞく
拿嗯你嗯咖走哭　爹思咖
na.n.ni.n.ka.zo.ku./de.su.ka.
請問你家有幾個人？

B：4人家族です。
よにんかぞく
優你嗯　咖走哭　爹思
yo.ni.n./ka.zo.ku./de.su.
家裡有4個人。

子供が2人います。
こども　ふたり
口兜謀　嘎　夫他哩　衣媽思
ko.do.mo./ga./fu.ta.ri./i.ma.su.
我有2個孩子。

男の子と女の子です。
おとこ　こ　おんな　こ
歐愉口 no 口　偷　歐嗯拿 no 口　爹思
o.to.ko.no.ko./to./o.n.na.no.ko./de.su.
一男一女。

両親　父母
<small>りょうしん</small>
溜一吸嗯　ryo.u.shi.n.

兄弟　兄弟姊妹
<small>きょうだい</small>
克優一搭衣　kyo.u.da.i.

子供　孩子
<small>こども</small>
口兜謀　ko.do.mo.

息子　兒子
<small>むすこ</small>
母思口　mu.su.ko.

娘　女兒
<small>むすめ</small>
母思妹　mu.su.me.

親戚　親戚
<small>しんせき</small>
吸嗯誰key　shi.n.se.ki.

いとこ　表兄弟姊妹、堂兄弟姊妹
衣偷口　i.to.ko.

めい／おい　兄弟姊妹的女兒／兄弟姊妹的兒子
妹衣／歐衣　me.i./o.i.

菜日語

To Introduce Myself in Japanese

自我介紹篇

求學過程

To Introduce
Myself in Japanese

學校科系

短句立即説

台湾大学を出ました。
他衣哇嗯搭衣嘎哭　喔　爹媽吸他
ta.i.wa.n.da.i.ga.ku./o./de.ma.shi.ta.
我畢業自台灣大學。

2004 年の卒業です。
你誰嗯優内嗯　no　搜此優－　爹思
ni.se.n.yo.ne.n./no./so.tsu.gyo.u./de.su.
2004 年畢業。

大学院卒です。
搭衣嘎哭衣嗯　搜此　爹思
da.i.ga.ku.i.n./so.tsu./de.su.
研究所學歷。

国立大学の歯学部を卒業しています。
口哭哩此搭衣嘎哭　no　吸嘎哭捕　喔　搜此哥優－　吸貼
衣媽思
ko.ku.ri.tsu.da.i.ga.ku./no./shi.ga.ku.bu./o./so.tsu.gyo.u./shi.
te./i.ma.su.
畢業於國立大學牙醫系。

短句立即説

せんこう ぶんがく
専攻は文学です。
誰嗯ロー 哇 捕嗯嘎哭 爹思
se.n.ko.u./wa./bu.n.ga.ku./de.su.
我主修文學。

がくぶ こうがくぶ
学部は工学部です。
嘎哭捕 哇 ロー嘎哭捕 爹思
ga.ku.bu./wa./ko.u.ga.ku.bu./de.su.
我念的是工學院。

がっか げんごぶんかがっか
学科は言語文化学科です。
嘎・咖 哇 給嗯狗ー捕嗯咖嘎・咖 爹思
ga.kka./wa./ge.n.go.bu.n.ka.ga.kka./de.su.
科系是語言文化學系。

いがく せんこう
医学を専攻しています。
衣嘎哭 喔 誰嗯ロー吸貼 衣媽思
i.ga.ku./o./se.n.ko.u.shi.te./i.ma.su.
主修醫學。

せんもん にほんぶんがく せかいし
専門は日本文学と世界史です。
誰嗯謀嗯 哇 你吼嗯捕嗯嘎哭 偷 誰咖衣吸 爹思
se.n.mo.n./wa./ni.ho.n.bu.n.ga.ku./to./se.ka.i.shi./de.su.
主修是日本文學和世界歷史。

A：出身校はどこですか？
しゅっしんこう

嘘・吸嗯口ー 哇 兜口 爹思咖

shu.sshi.n.ko.u./wa./do.ko./de.su.ka.

你是哪間學校畢業的？

B：名古屋大学です。
な ご や だいがく

拿狗呀 搭衣嘎哭 爹思

na.go.ya./da.i.ga.ku./de.su.

名古屋大學。

A：専門は何でしょうか？
せんもん なん

誰嗯謀嗯 哇 拿嗯 爹休ー咖

se.n.mo.n./wa./na.n./de.sho.u.ka.

主修什麼呢？

B：専門は日本文学と世界史です。
せんもん にほんぶんがく せかいし

誰嗯謀嗯 哇 你吼嗯捕嗯嘎哭 偷 誰咖衣吸 爹思

se.n.mo.n./wa./ni.ho.n.bu.n.ga.ku./to./se.ka.i.shi./de.su.

主修日本文學和世界史。

單字立即用

だいそつ
大卒　　大學學歷
搭衣搜此　　da. i. so. tsu.

しゅっしんこう
出 身 校　　畢業學校
噓‧吸嗯口一　　shu. sshi. n. ko. u.

しゅうし
修士　　碩士
噓一吸　　shu. u. shi.

はかせ
博士　　博士
哈咖誰　　ha. ka. se.

しゅうりょう
修 了　　課程修完
噓一溜一　　shu. u. ryo. u.

がくい
学位　　學位
嘎哭衣　　ga. ku. i.

せんこう
専攻　　主修
誰嗯口一　　se. n. ko. u.

せんもん
専門　　主修
誰嗯謀嗯　　se. n. mo. n.

社團

短句立即説

ボランティア活動をしています。
玻啦嗯貼衣阿　咖此兜一　喔　吸貼　衣媽思
bo.ra.n.te.i.a./ka.tsu.do.u./o./shi.te./i.ma.su.
從事志工活動。

部活をしています。
捕咖此　喔　吸貼　衣媽思
bu.ka.tsu./o./shi.te./i.ma.su.
進行社團活動。

テニス部に入っています。
貼你思捕　你　哈衣‧貼　衣媽思
te.ni.su.bu./ni./ha.i.tte./i.ma.su.
加入網球社。

落語研究会で活動をしています。
啦哭狗　開嗯Q一咖衣　爹　咖此兜一　喔　吸貼　衣媽思
ra.ku.go./ke.n.kyu.u.ka.i./de./ka.tsu.do.u./o./shi.te./i.ma.su.
參與落語同好會的活動。

高校三年間、演劇部に所属していました。

ロー ロー 撒嗯內嗯咖嗯 せ嗯給 key 捕 你 休走哭吸貼
衣媽吸他

ko.u.ko.u. /sa.n.ne.n.ka.n./e.n.ge.ki.bu.ni/sho.zo.ku.shi.te./
i.ma.shi.ta.

我在高中三年間參加了戲劇社。

スポーツ系サークルに入っていました。

思剖ー此開ー 撒ー哭嚕 你 哈衣·他 衣媽吸他
su.po.o.tsu.ke.i/sa.a.ku.ru/ni/ha.i.tte/i.ma.shi.ta.

曾加入運動類的社團。

中学校のときに部長をやっていました。

去ー嘎·ロー no 偷 key 你 捕秋ー 喔 呀·貼 衣
媽吸他
chu.u.ga.kko.u./no/to.ki./ni/bu.cho.u/o/ya.tte/i.ma.shi.ta.

國中時是擔任社團的社長。

3 年生のときは部長を務めました。

撒內嗯誰ー no 偷 key 哇 捕秋ー 喔 此偷妹媽吸
他
sa.n.ne.n.se.i./no/to.ki./wa/bu.cho.u./o./tsu.to.me.ma.shi.ta.

在 3 年級的時候擔任社長。

大学で料理同好会に入っていました。

搭衣嘎哭 爹 溜ー哩兜ーロー咖衣 你 哈衣·貼 衣媽
吸他
da.i.ga.ku./de/ryo.u.ri./do.u.ko.u.ka.i./ni/ha.i.tte./i.ma.shi.ta.

大學時加入烹飪社。

A：大学時代何のサークルに入っていましたか？

搭衣嘎哭基搭衣　拿嗯no　撒一哭嚕　你　哈衣・貼　衣媽吸他咖

da.i.ga.ku.ji.da.i./na.n.no./sa.a.ku.ru./ni./ha.i.tte./i.ma.shi.ta.ka.

大學時加入什麼社團？

B：テニス部に入っていました。

貼你思捕　你　哈衣・貼　衣媽吸他

te.ni.su.bu./ni./ha.i.tte./i.ma.shi.ta.

參加網球社。

部長を務めたことによって、

捕秋ー　喔　此偷妹他　口偷　你　優・貼

bu.cho.u./o./tsu.to.me.ta./ko.to./ni./yo.tte

因為擔任社長，

イベントの企画が得意なことにも気がつきました。

衣肯嗯偷 no key咖哭 嘎 偷哭衣拿 口偷 你謀 key 嘎此 key 媽吸他

i.be.n.to./no./ki.ka.ku./ga./to.ku.i.na./ko.to./ni.mo./ki.ga.tsu.ki.ma.shi.ta.

發現我很擅長活動的企畫。

單字立即用

サークル　　社團
撒－哭嚕　sa. a. ku. ru.

同好会　　社團、同好會
どうこうかい
兜－ロ－咖衣　do. u. ko. u. ka. i.

部活　　社團活動
ぶかつ
捕咖此　bu. ka. tsu.

活動　　活動
かつどう
咖此兜－　ka. tsu. do. u.

イベント　　活動
衣背嗯愉　i. be. n. to.

交流　　交流
こうりゅう
ロ－驢－　ko. u. ryu. u.

朝練　　晨間練習
あされん
阿撒勒嗯　a. sa. re. n.

チーム　　隊伍
漆－母　chi. i. mu.

留學經驗

短句立即說

かいがいりゅうがく
海外留学したことがあります。

咖衣嘎衣 驢－嘎哭 吸他 口偷 嘎 阿哩媽思

ka.i.ga.i./ryu.u.ga.ku./shi.ta./ko.to./ga./a.ri.ma.su.

曾經留學過。

たんき　ごがくりゅうがく
短期で語学留学したことがあります。

他嗯 key 爹 狗嘎哭驢－嘎哭 吸他 口偷 嘎 阿哩媽思

ta.n.ki./de./go.ga.ku.ryu.u.ga.ku./shi.ta./ko.to./ga./a.ri.ma.su.

曾經念過短期的語言學校。

にほん　りゅうがく
日本に留学したことがあります。

你吼嗯 你 驢－嘎哭 吸他 口偷 嘎 阿哩媽思

ni.ho.n./ni./ryu.u.ga.ku./shi.ta./ko.to./ga./a.ri.ma.su.

曾經去日本留學。

いま　　　　　　　　　　　りゅうがくちゅう
今、オーストラリアに留学中です。

衣媽 歐－思偷啦哩阿 你 驢－嘎哭去－ 爹思

i.ma./o.o.su.to.ra.ri.a./ni./ryu.u.ga.ku.chu.u./de.su.

現在在澳洲留學。

短句立即説

アメリカにも短期間、留学していました。
阿妹哩咖　你謀　他嗯 key 驢ー嘎哭　吸貼　衣媽吸他
a.me.ri.ka./ni.mo./ta.n.ki.ka.n./ryu.u.ga.ku./shi.te./i.ma.shi.ta.
也曾經去美國遊學過。

1 年間交換留学しました。
衣漆內嗯咖嗯　口ー咖嗯驢ー嘎哭　吸媽吸他
i.chi.ne.n.ka.n./ko.u.ka.n.ryu.u.ga.ku./shi.ma.shi.ta.
當過1年交換學生。

イギリスで教育学の修士号を取得しました。
衣個衣哩思　爹　克優ー衣哭嘎哭　no　嘘ー吸狗ー　喔
嘘嚕哭哭　吸媽吸他
i.gi.ri.su./de./kyo.u.i.ku.ga.ku./no./shu.u.shi.go.u./o./shu.to.ku.
shi.ma.shi.ta.
在英國的大學取得教育學碩士。

論文や宿題をこなすのが大変でした。
摟嗯捕嗯　呀　嘘哭搭衣　喔　口拿思 no　嘎　他衣嘿嗯
爹吸他
ro.n.bu.n./ya./shu.ku.da.i./o./ko.na.su.no./ga./ta.i.he.n./de.shi.
ta.
要應付論文和作業曾經十分辛苦。

留学で英語が上達しました。
驢ー嘎哭　爹　せー狗ー　嘎　糾ー他此　吸媽吸他
ryu.u.ga.ku./de./e.i.ga./ga./jo.u.ta.tsu./shi.ma.shi.ta.
因為留學所以英文進步了。

會話立即通

A：海外留学の経験はありますか？
咖衣嘎衣 驢一嘎哭 no 開一開嗯 哇 阿哩媽思咖
ka.i.ga.i./ryu.u.ga.ku./no./ke.i.ke.n./wa./a.ri.ma.su.ka.
曾經留學過嗎？

B：はい、日本に留学したことがあります。
哈衣 你吼嗯 你 驢一嘎哭 吸他 口偷 嘎 阿哩媽思
ha.i./ni.ho.n./ni./ryu.u.ga.ku./shi.ta./ko.to./ga./a.ri.ma.su.
有，我曾經在日本留學過。

A：一番印象に残るのは何ですか？
衣漆巴嗯 衣嗯休一 你 no口嚕 no哇 拿嗯 爹思咖
i.chi.ba.n./i.n.sho.u./ni./no.ko.ru./no.wa./na.n./de.su.ka.
印象最深的是什麼呢？

B：論文や宿題をこなすのが大変でした。
摟嗯捕哭 呀 嘘哭搭衣 喔 口拿思 no嘎 他衣嘿嗯
爹吸他
ro.n.bu.n./ya./shu.ku.da.i./o./ko.na.su./no.ga./ta.i.he.n./de.shi.
ta.
要應付論文和作業曾經十分辛苦。

りゅうがくさき
留 学 先　　留學國家
驢ー嘎哭撒 key　　ryu. u. ga. ku. /sa. ki.

りゅうがくせい
留 学 生　　留學生
驢ー嘎哭誰ー　　ryu. u. ga. ku. se. i.

ごがくりゅうがく
語学 留 学　　念語言學校
狗嘎哭　驢ー嘎哭　go. ga. ku. /ryu. u. ga. ku.

ごがくりょく
語 学 力　　語言能力
狗嘎哭溜哭　go. ga. ku. /ryo. ku.

げんごがっこう
言 語 学 校　　語言學校
給嗯狗嘎・口ー　ge. n. go. /ga. kko. u.

がいこくじん
外 国 人　　外國人
嘎衣口哭基嗯　ga. i. ko. ku. ji. n.

たいざいきかん
滞 在 期 間　　停留天數
他衣紮衣 key 咖嗯　ta. i. za. i. /ki. ka. n.

りゅうがくもくてき
留 学 目的　　留學目的
驢ー嘎哭　謀哭貼 key　ryu. u. ga. ku. /mo. ku. te. ki.

成績獲奬

短句立即説

成績はずっとトップでした。
せいせき

誰一誰 key 哇 資・偸 偸・撲 爹吸他
se.i.se.ki./wa./zu.tto./to.ppu./de.shi.ta.

成績一直是名列前茅。

スピーチ大会で 賞 をもらいました。
たいかい しょう

思披一漆 他衣咖衣 爹 休一 喔 謀啦衣媽吸他
su.pi.i.chi./ta.i.ka.i./de./sho.u.o./mo.ra.i.ma.shi.ta.

在演講比賽上獲奬。

県大会で金メダルをとりました。
けんたいかい きん

開嗯他衣咖衣 爹 key 嗯 妹搭嚕 喔 偸哩媽吸他
ke.n.ta.i.ka.i./de./ki.n./me.da.ru./o./to.ri.ma.shi.ta.

在縣級比賽上得到金牌。

数学が一番得意です。
すうがく いちばんとくい

思一嘎哭 嘎 衣漆巴嗯 偸哭衣 爹思
su.u.ga.ku./ga./i.chi.ba.n./to.ku.i./de.su.

數學最拿手。

せいせき　へいきん　きゅうじゅってん
成績の平均は ９０点くらいです。

誰一誰 key no　嘿一key 嗯　哇 Q一居·貼嗯　哭啦衣
爹思

se.i.se.ki./no./he.i.ki.n./ wa./kyu.u.ju.tte.n./ku.ra.i./de.su.

平均成績 90 分左右。

いちばん　す　　　かもく　えいご
一番好きな科目は英語です。

衣漆巴嗯　思 key 拿　咖謀哭　哇　せ一狗　爹思

i.chi.ba.n./su.ki.na./ka.mo.ku./wa./e.i.go./de.su.

最喜歡的科目是英文。

いちばんにがて　　かもく　れきし
一番苦手な科目は歴史です。

衣漆巴嗯　你嘎貼拿　咖謀哭　哇　勒 key 吸　爹思

i.chi.ba.n./ni.ga.te.na./ka.mo.ku./wa./re.ki.shi./de.su.

最不擅長的科目是歷史。

こうこうじだい　いちばんにがて　　かもく　りか
高校時代に一番苦手だった科目は理科です。

ロ一ロ一基搭衣　你　衣漆巴嗯　你嘎貼搭·他　咖謀哭
哇　哩咖　爹思

ko.u.ko.u.ji.da.i./ni./i.chi.ba.n./ni.ga.te.da.tta./ka.mo.ku./wa./
ri.ka./de.su.

高中時最不擅長的是物理化學。

しょうがくきん　よねんかん
奨学金を４年間もらいました。

休一嘎哭 key 嗯　喔　優內嗯咖嗯　謀啦衣媽吸他

sho.u.ga.ku.ki.n./o./yo.ne.n.ka.n./mo.ra.i.ma.shi.ta.

拿了 4 年獎學金。

會話立即通

A：大学の成績はどうですか？

搭衣嘎哭 no 誰－誰key 哇 兜一 爹思咖

da.i.ga.ku./no./se.i.se.ki./wa./do.u./de.su.ka.

大學時代成績如何？

B：成績はずっとトップでした。

誰－誰key 哇 資‧偷 偷‧撲 爹吸他

se.i.se.ki./wa./zu.tto./to.ppu./de.shi.ta.

一直名列前茅。

4年間奨学金を受けていました。

優內嗯咖嗯 休－嘎哭key嗯 喔 烏開貼 衣媽吸他

yo.ne.n.ka.n./sho.u.ga.ku.ki.n./o./u.ke.te./i.ma.shi.ta.

拿了4年獎學金。

研究で受賞したこともあります。

開嗯克優一 爹 居休一吸他 口愉 謀 阿哩媽思

ke.n.kyu.u./de./ju.sho.u.shi.ta./ko.to./mo./a.ri.ma.su.

也曾經以研究得過獎。

じゅしょう
受 賞　　**得獎**
居休ー　ju. sho. u.

しょうがくきん
奨 学 金　　**獎學金**
休ー嘎哭 key 嗯　sho. u. ga. ku. ki. n.

せいせき
成 績　　**成績**
誰ー誰 key　se. i. se. ki.

とくい
得意　　**拿手**
偷哭衣　to. ku. i.

にがて
苦手　　**不擅長**
你嘎貼　ni. ga. te.

ゆうとうせい
優 等 生　　**優等生、資優生**
瘵ー偷ー誰ー　yu. u. to. u. se. i.

かもく
科目　　**科目**
咖謀哭　ka. mo. ku.

へいきんてんすう
平 均 点 数　　**平均分數**
嘿ー key 嗯貼嗯思ー　he. i. ki. n. te. n. su. u.

菜日語

To Introduce Myself in Japanes

自我介紹篇

就職經歷

To Introduce
Myself in Japanese

職業

短句立即説

<ruby>私<rt>わたし</rt></ruby> は<ruby>会社員<rt>かいしゃいん</rt></ruby>です。

哇他吸 哇 咖衣瞎衣嗯 爹思

wa.ta.shi./wa./ka.i.sha.i.n./de.su.

我是上班族。

<ruby>私<rt>わたし</rt></ruby> は<ruby>通訳<rt>つうやく</rt></ruby>をしております。

哇他吸 哇 此一呀哭 喔 吸貼 歐哩媽思

wa.ta.shi./wa./tsu.u.ya.ku./o./shi.te.o.ri.ma.su.

我的工作是翻譯。

<ruby>運輸会社<rt>うんゆがいしゃ</rt></ruby>に<ruby>勤務<rt>きんむ</rt></ruby>しております。

烏嗯瘀嘎衣瞎 你 key 嗯母吸貼 歐哩媽思

u.n.yu.ga.i.sha./ni./ki.n.mu.shi.te./o.ri.ma.su.

在運輸公司工作。

<ruby>貿易会社<rt>ぼうえきがいしゃ</rt></ruby>に<ruby>勤<rt>つと</rt></ruby>めています。

玻一せ key 嘎衣瞎 你 此偷妹貼 衣媽思

bo.u.e.ki./ga.i.sha./ni./tsu.to.me.te./i.ma.su.

在貿易公司工作。

短句立即説

法律事務所で 働いています。
吼－哩此 基母休 爹 哈他啦衣貼 衣媽思
ho.u.ri.tsu./ji.mu.sho./de./ha.ta.ra.i.te./i.ma.su.
在法律事務所工作。

ネット関連の仕事をしています。
內・偷咖嗯勒嗯 no 吸狗偷 喔 吸貼 衣媽思
ne.tto.ka.n.re.n./no/shi.go.to./o./shi.te./i.ma.su.
從事網路相關的工作。

大学で教師をしています。
搭衣嘎哭 爹 克優－吸 喔 吸貼 衣媽思
da.i.ga.ku./de./kyo.u.shi./o./shi.te./i.ma.su.
在大學當老師。

退職しています。
他衣休哭 吸貼 衣媽思
ta.i.sho.ku./shi.te./i.ma.su.
已經離開公司了。

元英語教師です。
謀偷 せ－狗克優－吸 爹思
mo.to./e.i.go.kyo.u.shi./de.su.
以前是英語老師。

A：どういう関係のお仕事ですか？

兜一衣烏嗯開衣 no 歐吸狗偷 爹思咖

do.u.i.u.ka.n.ke.i./no./o.shi.go.to./de.su.ka.

請問你是從事哪方面的工作？

B：運輸会社に勤務しております。

烏嗯瘀嘎衣瞎 你 key 嗯母吸貼 歐哩媽思

u.n.yu.ga.i.sha./ni./ki.n.mu.shi.te./o.ri.ma.su.

在運輸公司工作。

大学を出てすぐに入社しました。

搭衣嘎哭 喔 爹貼 思古你 女一瞎 吸媽吸他

da.i.ga.ku.o./de.te./su.gu.ni./nyu.u.sha./shi.ma.shi.ta.

大學一畢業就立刻進入公司。

これで10年になります。

口勒爹 居一內嗯 你 拿哩媽思

ko.re./de./ju.u.ne.n./ni./na.ri.ma.su.

已經待了10年。

しょくぎょう
職 業　　職業
休哭哥優ー　　sho. ku. gyo. u.

しごと
仕事　　工作、職業
吸狗偷　　shi. go. to.

かいしゃいん
会 社 員　　上班族
咖衣瞎衣嗯　　ka. i. sha. i. n.

ていねん
定 年　　退休
貼一內嗯　　te. i. ne. n.

しゃかいじん
社 会 人　　社會人士
瞎咖衣基嗯　　sha. ka. i. ji. n.

きんむ
勤務　　工作、上班
key 嗯母　　ki. n. mu.

にゅうしゃ
入 社　　進入公司
女ー瞎　　nyu. u. sha.

ねんめ
～年目　　第～年
內嗯妹　　ne. n. me.

工作內容、職位

短句立即說

人事を担当しています。
基嗯基　喔　他嗯偷一　吸貼　衣媽思
ji.n.ji./o./ta.n.to.u./shi.te./i.ma.su.
負責人事工作。

営業本部の部長をしています。
せ一哥優一吼嗯捕 no 捕秋一　喔　吸貼　衣媽思
e.i.gyo.u.ho.n.bu./no./bu.cho.u./o./shi.te./i.ma.su.
擔任事業總部的部長。

営業をしています。
せ一哥優一　喔　吸貼　衣媽思
e.i.gyo.u./o./shi.te./i.ma.su.
擔任業務。

アジア太平洋地域を担当しています。
阿基阿　他衣嘿一優一漆衣 key　喔　他嗯偷一　吸貼　衣媽思
a.ji.a./ta.i.he.i.yo.u.chi.i.ki./o./ta.n.to.u./shi.te./i.ma.su.
負責亞太地區。

短句立即説

3 年間勤務しています。
<ruby>さんねんかんきんむ</ruby>

撒嗯內嗯咖嗯　key 嗯母　吸貼　衣媽思
sa.n.ne.n.ka.n/ki.n.mu/shi.te./i.ma.su.

已經工作了 3 年。

レジ 係 をやっています。
<ruby>がかり</ruby>

勒基嘎咖哩　喔 呀・貼　衣媽思
re.ji.ga.ka.ri./o./ya.tte./i.ma.su.

負責收銀。

会 社は台 北にあります。

咖衣瞎　哇　他衣呸ー　你　阿哩媽思
ka.i.sha./wa./ta.i.pe.i./ni./a.ri.ma.su.

公司在台北。

いつもバスで通 勤しています。
<ruby>つうきん</ruby>

衣此謀　巴思　爹　此ー key 嗯　吸貼　衣媽思
i.tsu.mo/ba.su./de./tsu.u.ki.n./shi.te./i.ma.su.

我都是坐公車通勤。

ずっと 営 業 の仕事をしています。
<ruby>えいぎょう</ruby>　<ruby>しごと</ruby>

資・偷　せーー哥優ー no　吸狗偷　喔　吸貼　衣媽思
su.tto./e.i.gyo.u./no./shi.go.to./o./shi.te./i.ma.su.

至今都是從事業務的工作。

A：何の仕事をしていますか？
なん　しごと

拿嗯 no 吸狗偷 喔 吸貼 衣媽思咖
na.n./no./shi.go.to./o./shi.te./i.ma.su.ka.
請問你從事什麼工作？

B：出版社に勤めています。
しゅっぱんしゃ　つと

噓‧趴嗯瞎 你 此偷妹貼 衣媽思
shu.ppa.n.sha./ni./tsu.to.me.te./i.ma.su.
在出版社工作。

A：会社はどこにありますか？
がいしゃ

咖衣瞎 哇 兜口 你 阿哩媽思咖
ka.i.sha./wa./do.ko./ni./a.ri.ma.su.ka.
公司在哪裡？

B：会社は台北にあります。
かいしゃ　たいぺい

咖衣瞎 哇 他衣呸ー 你 阿哩媽思
ka.i.sha./wa./ta.i.pe.i./ni./a.ri.ma.su.
公司在台北。

担当 　負責
たんとう
他嗯偷－　ta.n.to.u.

勤務時間 　上班時間
きんむじかん
key 嗯母基咖嗯　ki.n.mu.ji.ka.n.

通勤 　通勤
つうきん
此－key 嗯　tsu.u.ki.n.

～関係 　和～相關
かんけい
咖嗯開－　ka.n.ke.i.

部長 　部長
ぶちょう
捕秋－　bu.cho.u.

課長 　課長
かちょう
咖秋－　ka.cho.u.

サラリーマン 　業務員
撒啦哩－媽嗯　sa.ra.ri.i.ma.n.

～係 　負責～
かかり
咖咖哩　ka.ka.ri.

工作經歴

短句立即説

レジ 係 <ruby>係<rt>がかり</rt></ruby> をしたことがあります。

勒基嘎咖哩　喔　吸他口偷　嘎　阿哩媽思

re.ji.ka.ka.ri./o./shi.ta.ko.to./ga./a.ri.ma.su.

曾經擔任過櫃檯收銀。

<ruby>公務員<rt>こうむいん</rt></ruby>をしていました。

口ー母衣嗯　喔　吸貼　衣媽吸他

ko.u.mu.i.n./o./shi.te./i.ma.shi.ta.

當過公務員。

デザイナーの<ruby>経験<rt>けいけん</rt></ruby>を<ruby>積<rt>つ</rt></ruby>みました。

爹紮衣拿ー no 開ー開嗯　喔　此咪媽吸他

de.za.i.na.a./no./ke.i.ke.n./o./tsu.mi.ma.shi.ta.

累積了當設計師的經驗。

<ruby>前<rt>まえ</rt></ruby>の<ruby>会社<rt>かいしゃ</rt></ruby>で５<ruby>年間<rt>ごねんかん</rt></ruby><ruby>勤務<rt>きんむ</rt></ruby>していました。

媽せ no 咖衣瞎　爹　狗內嗯咖嗯 key 母吸貼　衣媽吸他

ma.e./no./ka.i.sha./de./go.ne.n.ka.n./ki.n.mu.shi.te./i.ma.shi.ta.

在前公司工作了５年。

今まで 2 社で 働いたことがあります。

衣媽媽爹　你瞎　爹　哈他啦衣他　口偷　嘎　阿哩媽思

i.ma.ma.de./ni.sha./de./ha.ta.ra.i.ta./ko.to./ga./a.ri.ma.su.

目前為止待過 2 家公司。

企画部の職員でした。

key 咖哭捕　no　休哭衣嗯　爹吸他

ki.ka.ku.bu./no./sho.ku.i.n./de.shi.ta.

曾是企畫部員工。

広告代理店で 2 年間働きました。

ロ口哭　搭衣哩貼嗯　爹　你內嗯咖嗯　哈他啦 key 媽吸他

ko.u.ko.ku./da.i.ri.te.n./de./ni.ne.n.ka.n./ha.ta.ra.ki.ma.shi.ta.

在廣告公司待過 2 年。

海外業務を 1 年間担当しました。

咖衣嘎衣哥優－母　喔　衣漆內嗯咖嗯　他嗯偷－　吸媽吸他

ka.i.ga.i.gyo.u.mu./o./i.chi.ne.n.ka.n./ta.n.to.u./shi.ma.shi.ta.

負責過 1 年的國外業務。

企画を担当していました。

key 咖哭　喔　他嗯偷－　吸貼　衣媽吸他

ki.ka.ku./o./ta.n.to.u./shi.te./i.ma.shi.ta.

曾經負責企畫的工作。

A：実務経験はありますか？

基此母開ー開嗯　哇　阿哩媽思咖

ji.tsu.mu.ke.i.ke.n./wa./a.ri.ma.su.ka.

你有實務經驗嗎？

B：はい、広告代理店で 2 年間 働 きました。

哈衣　ロー口哭　搭衣哩貼嗯　爹　你內嗯咖　哈他啦key

媽吸他

ha.i./ko.u.ko.ku./da.i.ri.te.n./de./ni.ne.n.ka.n./ha.ta.ra.ki.

ma.shi.ta.

有的，我曾在廣告公司待過 2 年。

A：どんな仕事を担当していましたか？

兜嗯拿　吸狗偷　喔　他嗯偷ー　吸貼　衣媽吸他咖

do.n.na./shi.go.to./o./ta.n.to.u./shi.te./i.ma.shi.ta.ka.

當時負責什麼工作呢？

B：広告の企画です。

ロー口哭　no　key咖哭　爹思

ko.u.ko.ku./no./ki.ka.ku./de.su.

負責廣告企畫。

けいけん
経験　　経驗
開一開嗯　ke. i. ke. n.

しょくれき
職歴　　職歷
休哭勒 key　sho. ku. re. ki.

しごとないよう
仕事内容　　工作內容
吸狗偷拿衣優一　shi. go. to. na. i. yo. u.

てんしょく
転職　　換工作
貼嗯休哭　te. n. sho. ku.

しゅうしょく
就職　　就職
噓一休哭　shu. u. sho. ku.

やくしょく
役職　　管理職
呀哭休哭　ya. ku. sho. ku.

ほんてん
本店　　總店
吼嗯貼嗯　ho. n. te. n.

してん
支店　　分店
吸貼嗯　shi. te. n.

菜日語
To Introduce Myself in Japanese
自我介紹篇

喜好

To Introduce
Myself in Japanese

喜歡的食物

好きな食べ物はハンバーグです。
思 key 拿 他背謀 no 哇 哈嗯巴－古 爹思
su.ki.na./ta.be.mo.no./wa./ha.n.ba.a.gu./de.su.
最喜歡的食物是漢堡排。

好きな食べ物はさくらんぼです。
思 key 拿 他背謀 no 哇 撒哭啦嗯玻 爹思
su.ki.na./ta.be.mo.no./wa./sa.ku.ra.n.bo./de.su.
喜歡的食物是櫻桃。

一番好きな食べ物はお寿司です。
衣漆巴嗯 思 key 拿 他背謀 no 哇 喔思吸 爹思
i.chi.ba.n./su.ki.na./ta.be.mo.no./wa./o.su.shi./de.su.
最喜歡的食物是壽司。

焼き鳥はいくら食べても飽きません。
呀 key 愉哩 哇 衣哭啦 他背謀 阿 key 媽誰嗯
ya.ki.to.ri./wa./i.ku.ra./ta.be.te.mo./a.ki.ma.se.n.
不管吃再多烤雞肉也不會膩。

旬 の果物はどれでも好きです。
嘘嗯no 哭搭謀no 哇 兜勒爹謀 思key 爹思
shu.n.no./ku.da.mo.no./wa./do.re.de.mo./su.ki./de.su.
只要是當季的水果都喜歡。

中華料理が好きです。
去－咖溜－哩 嘎 思key 爹思
chu.u.ka.ryo.u.ri./ga./su.ki./de.su.
喜歡中華料理。

野菜ならなんでも食べます。
呀撒衣 拿啦 拿嗯爹謀 他肯媽思
ya.sa.i./na.ra./na.n.de.mo./ta.be.ma.su.
蔬菜的話什麼都吃。

辛いものが好きです。
咖啦衣謀no 嘎 思key 爹思
ka.ra.i.mo.no./ga./su.ki./de.su.
喜歡吃辣。

甘いものに目がないです。
阿媽衣謀no 你 妹嘎拿衣 爹思
a.ma.i.mo.no./ni./me.ga.na.i./de.su.
十分喜歡甜食。

會話立即通

A：好きな食べ物は何ですか？

思key拿 他背謀no 哇 拿嗯 爹思咖

su.ki.na./ta.be.mo.no./wa./na.n./de.su.ka.

最喜歡吃什麼？

B：旬の果物はどれでも好きです。

噓嗯no 哭搭謀no 哇 兜勒爹謀 思key 爹思

shu.n.no./ku.da.mo.no./wa./do.re.de.mo./su.ki./de.su.

只要是當季的水果都喜歡。

夏で好きなことの一つは、

拿此 爹 思key拿 口偷no he偷此 哇

na.tsu./de./su.ki.na./ko.to./no./hi.to.tsu./wa.

夏天最喜歡的事情之一，

スイカを食べることです。

思衣咖 喔 他背嚕 口偷 爹思

su.i.ka./o./ta.be.ru./ko.to./de.su.

就是吃西瓜。

單字立即用

甘いもの　　甜食
あま
阿媽衣謀 no　　a. ma. i. /mo. no.

辛いもの　　辣的食物
から
咖啦衣謀 no　　ka. ra. i. /mo. no.

和食　　日本菜
わしょく
哇休哭　　wa. sho. ku.

手料理　　親手做的菜
てりょうり
貼溜一哩　　te. ryo. u. ri.

寿司　　壽司
す し
思吸　　su. shi.

肉　　肉
にく
你哭　　ni. ku.

野菜　　蔬菜
やさい
呀撒衣　　ya. sa. i.

果物　　水果
くだもの
哭搭謀 no　　ku. da. mo. no.

收藏品

短句立即説

趣味でミニカーを集めています。

嚕咪爹　咪你咖ー　喔　阿此妹貼　衣媽思

shu.mi.de./mi.ni.ka.a./o./a.tsu.me.te./i.ma.su.

興趣是收集模型車。

趣味は外国のコイン集めです。

嚕咪　哇　嘎衣口哭　no　口衣嗯阿此妹　爹思

shu.mi./wa./ga.i.ko.ku./no./ko.i.n.a.tsu.me./de.su.

我的興趣是收集外國硬幣。

趣味は切手集めです。

嚕咪　哇　key・貼阿此妹　爹思

shu.mi./wa./ki.tte.a.tsu.me./de.su.

我的興趣是集郵。

スタンプを集めるのが趣味です。

思他嗯撲　喔　阿此妹嚕　no嘎　嚕咪　爹思

su.ta.n.pu./o./a.tsu.me.ru./no.ga./shu.mi./de.su.

我喜歡收集各地的章。

しゅみ　しょっきあつ
趣味は食器集めです。

嚕咪　哇　休・key 阿此妹　爹思
shu.mi./wa./sho.kki.a.tsu.me./de.su.

我的興趣是收集餐具。

しゅみ　　　　　　　あつ
趣味はフィギュア集めです。

嚕咪　哇　夫衣哥瘀阿　阿此妹　爹思
shu.mi./wa./fi.gyu.a./a.tsu.me./de.su.

我的興趣是收集人偶。

あつ
トランプを集めようとしたこともありました。

偷啦嗯撲　喔　阿此妹優一　偷吸他　口偷　謀　阿哩媽吸
他
to.ra.n.pu./o./a.tsu.me.yo.u./to.shi.ta./ko.to./mo./a.ri.ma.shi.ta.

也曾收集撲克牌。

えはがき　あつ
絵葉書を集めていました。

せ哈嘎 key　喔　阿此妹貼　衣媽吸他
e.ha.ga.ki./o./a.tsu.me.te./i.ma.shi.ta.

曾經收集明信片。

A：趣味は何ですか？
嘘咪 哇 拿嗯 爹思咖
shu.mi./wa./na.n./de.su.ka.
你的興趣是什麼？

B：小さい時から 車 が好きですから、
漆衣撒衣 偷key 咖啦 哭嚕媽 嘎 思key 爹思咖啦
chi.i.sa.i./to.ki./ka.ra./ku.ru.ma./ga./su.ki./de.su.ka.ra.
因為從小喜歡車。

趣味でミニカーを集めています。
嘘咪爹 咪你咖ー 喔 阿此妹貼 衣媽思
shu.mi.de./mi.ni.ka.a./o./a.tsu.me.te./i.ma.su.
所以興趣是收集模型車。

今はミニカーマガジンを読むようになりました。
衣媽哇 咪你咖ー 媽嘎基嗯 喔 優母優ー你 拿哩媽吸他
i.ma./wa./mi.ni.ka.a./ma.ga.ji.n./o./yo.mu.yo.u.ni./na.ri.ma.shi.ta.
現在則養成了看模型車雜誌的習慣

文房具集め　　收集文具
ぶんぼうぐあつ
捕嗯玻ー古阿此妹　　bu. n. bo. u. gu. a. tsu. me.

モデルガン　　模型槍
謀爹嚕嘎嗯　　mo. de. ru. ga. n.

シルバーアクセサリー　　銀飾
吸嚕巴ー阿哭誰撒哩ー　　shi. ru. ba. a. /a. ku. se. sa. ri. i.

プラモデル　　模型
撲啦謀爹嚕　　pu. ra. mo. de. ru.

ドールハウス　　娃娃屋
兜ー嚕哈烏思　　do. o. ru. ha. u. su.

ぬいぐるみ　　玩偶
奴衣古嚕咪　　nu. i. gu. ru. mi.

食器集め　　收集餐具
しょっきあつ
休・key 阿此妹　　sho. kki. a. tsu. me.

マグネット　　造型磁鐵
媽古內・偷　　ma. gu. ne. tto.

菜日語

To Introduce Myself in Japanese

自我介紹篇

不喜歡

To Introduce
Myself in Japanese

不擅長

短句立即説

人と接するのが苦手です。
he 偷 偷 誰‧思嚕 no 嘎 你嘎貼 爹思
hi.to./to./se.ssu.ru./no.ga./ni.ga.te./de.su.
不擅長與人接觸。

私 は物理が苦手です。
哇他吸 哇 捕此哩 嘎 你嘎貼 爹思
wa.ta.shi./wa./bu.tsu.ri./ga./ni.ga.te./ de.su.
不擅長物理。

人に物を頼むのは苦手です。
he 偷你 謀 no 喔 他 no 母 no 哇 你嘎貼 爹思
hi.to.ni./mo.no./o./ta.no.mu./no.wa./ni.ga.te./de.su.
不擅長向人拜託事情。

子供の頃はピーマンが嫌いでした。
口兜謀 no 口撄 哇 披－媽嗯 嘎 key 啦衣 爹吸他
ko.do.mo./no./ko.ro./wa./pi.i.ma.n./ga./ki.ra.i./de.shi.ta.
小時候不喜歡吃青椒。

きら　　どうりょう　　　　　ひとり
嫌いな 同 僚 は一人もいません。
key 啦衣拿　兜一溜一　哇　he 偷哩　謀　衣媽誰嗯
ki.ra.i.na./do.u.ryo.u./wa./hi.to.ri./mo./i.ma.se.n.
沒有討厭的同事。

か　　もの　　　　　　　　　きら
買い物するのが嫌いです。
咖衣謀 no　思嚕 no 嘎　key 啦衣　爹思
ka.i.mo.no./su.ru./no.ga./ki.ra.i.de.su.
討厭購物。

べんきょうぎら
勉 強 嫌いです。
背嗯克優一　個衣啦衣　爹思
be.n.kyo.u./gi.ra.i./de.su.
討厭念書。

むし　　きら
虫が嫌いです。
母吸　嘎　key 啦衣　爹思
mu.shi./ga./ki.ra.i./de.su.
討厭蟲。

うんてん　　　　　　　　　　にがて
運 転するのはどうも苦手です。
烏嗯貼嗯思嚕　no 嘎　兜一謀　你嘎貼　爹思
u.n.te.n.su.ru./no.wa./do.u.mo./ni.ga.te./de.su.
總之討厭開車。

A：苦手<ruby>苦手<rt>にがて</rt></ruby>なものはありますか？

你嘎貼拿　謀 no　哇　阿哩媽思咖

ni.ga.te.na./mo.no./wa./a.ri.ma.su.ka.

有不喜歡的東西嗎？

B：<ruby>虫<rt>むし</rt></ruby>です。

母吸参思

mu.shi.de.su.

不喜歡昆蟲。

わたしは<ruby>虫<rt>むし</rt></ruby>が<ruby>嫌<rt>きら</rt></ruby>いです。

哇他吸　哇　母吸　嘎 key 啦衣　参思

wa.ta.shi./wa./mu.shi./ga./ki.ra.i.de.su.

我討厭昆蟲。

<ruby>特<rt>とく</rt></ruby>にムカデとかは<ruby>無理<rt>むり</rt></ruby>です。

偷哭你　母咖爹　偷咖　哇　母哩　参思

to.ku.ni./mu.ka.de./to.ka./wa./mu.ri./de.su.

特別是蜈蚣之類的更害怕。

單字立即用

きら
嫌い　　討厭
key 啦衣　　ki. ra. i.

にがて
苦手　　不擅長、不喜歡
你嘎貼　　ni. ga. te.

く　　ぎら
食わず嫌い　　不喜歡吃、不吃
哭哇資個衣啦衣　　ku. wa. zu. /gi. ra. i.

よわ
弱い　　弱、不擅長
優哇衣　　yo. wa. i.

こわ
怖い　　害怕、可怕
口哇衣　　ko. wa. i.

けぎら
毛嫌い　　討厭
開個衣啦衣　　ke. gi. ra. i.

くる
苦しい　　痛苦
哭嚕吸ー　　ku. ru. shi. i.

こころぼそ
心 細い　　害怕
口口攏玻搜衣　　ko. ko. ro. bo. so. i.

缺點

短句立即説

考（かんが）えすぎるところが短所（たんしょ）です。
咖嗯嘎せ思個衣嚕 偷口攬 嘎 他嗯休 爹思
ka.n.ga.e.su.gi.ru./to.ko.ro./ga./ta.n.sho./de.su.
缺點是想太多。

気（き）が弱（よわ）いのが短所（たんしょ）です。
key 嘎 優哇衣 no嘎 他嗯休 爹思
ki./ga./yo.wa.i./no.ga./ta.n.sho./de.su.
缺點是容易怯步。

短所（たんしょ）が多（おお）いです。
他嗯休 嘎 歐一衣 爹思
ta.n.sho./ga./o.o.i./de.su.
缺點很多。

短所（たんしょ）は優柔不断（ゆうじゅうふだん）なところです。
他嗯休 哇 瘀一居一夫搭嗯拿 偷口攬 爹思
ta.n.sho./wa./yu.u.ju.u.fu.da.n.na./to.ko.ro./de.su.
缺點是優柔寡斷。

誰にも欠点はあります。

搭勒你謀　開・貼嗯　哇　阿里媽思

da.re.ni.mo./ke.tte.n./wa./a.ri.ma.su.

任何人都有缺點。

自分の短所を直したいです。

基捕嗯　no　他嗯休　喔　拿喔吸他衣　爹思

ji.bu.n./no./ta.n.sho./o./na.o.shi.ta.i./de.su.

想改正自己的缺點。

欠点は最後までやらない事です。

開・貼嗯　哇　撒衣狗　媽爹　呀啦拿衣　口偷　爹思

ke.tte.n./wa./sa.i.go./ma.de./ya.ra.na.i./ko.to./de.su.

缺點是做事無法堅持到最後。

何でも中途半端になってしまっています。

拿嗯爹謀　去ー偷哈嗯趴ー拿・貼　吸媽・貼　衣媽思

na.n.de.mo./chu.u.to.ha.n.pa.ni./na.tte./shi.ma.tte./i.ma.su.

做什麼事都是半途而廢。

カッとなりやすい短気な人です。

咖・偷　拿哩呀思衣　他嗯 key 拿　he 偷　爹思

ka.tto./na.ri.ya.su.i./ta.n.ki.na./hi.to./de.su.

容易生氣，沒耐性的人。

A：あなたの<ruby>欠点<rt>けってん</rt></ruby>は<ruby>何<rt>なん</rt></ruby>ですか？

阿拿他 no 開·貼嗯 哇 拿嗯 爹思咖

a.na.ta./no./ke.tte.n./wa./na.n./de.su.ka.

你的缺點是什麼？

B：<ruby>優柔不断<rt>ゆうじゅうふだん</rt></ruby>なところです。

瘀ー居ー夫搭嗯拿 偷口摟 爹思

yu.u.ju.u.fu.da.n.na./to.ko.ro./de.su.

我的缺點是優柔寡斷。

<ruby>行動<rt>こうどう</rt></ruby>が<ruby>遅<rt>おそ</rt></ruby>いと<ruby>言<rt>い</rt></ruby>われることがあるので、

ロー兜ー 嘎 歐搜衣 偷 衣哇勒嚕 口偷 嘎 阿嚕

no 爹

ko.u.do.u./ga./o.so.i./to./i.wa.re.ru./ko.to./ga./a./ru./no.de.

因為曾經被說過動作太慢，

<ruby>決断力<rt>けつだんりょく</rt></ruby>をつけたいと<ruby>思<rt>おも</rt></ruby>っています。

開此搭嗯溜哭 喔 此開他衣 偷 歐謀·貼 衣媽思

ke.tsu.da.n.ryo.ku./o./tsu.ke.ta.i./to./o.mo.tte./i.ma.su.

所以希望培養決策力。

單字立即用

けってん
欠点　　缺點
開・貼嗯　　ke. tte. n.

たんしょ
短所　　缺點
他嗯休　　ta. n. sho.

たんき
短気　　沒耐性
他嗯key　　ta. n. ki.

ゆうじゅうふだん
優柔不断　　優柔寡斷
瘀一居一夫搭嗯　　yu. u. ju. u. fu. da. n.

そそっかしい　　冒失
搜搜・咖吸一　　so. so. kka. shi. i.

しんけいしつ
神経質　　神經質
吸嗯開一吸此　　shi. n. ke. i. shi. tsu.

ぶきよう
不器用　　笨拙
捕key優一　　bu. ki. yo. u.

ひとみし
人見知り　　怕生
he 偷咪吸哩　　hi. to. mi. shi. ri.

菜日語
To Introduce Myself in Japanese
自我介紹篇

優點

To Introduce
Myself in Japanese

個性上優點

短句立即説

長所は好奇心旺盛なことだと思います。
秋－休　哇　ロー key 吸嗯　歐－誰－拿　口偷搭偷　歐謀
衣媽思
cho.u.sho./wa./ko.u.ki.shi.n./o.u.se.i.na./ko.to.da.to./o.mo.
i.ma.su.
優點是好奇心旺盛。

世話役は長所です。
誰哇呀哭　哇　秋－休　爹思
se.wa.ya.ku./wa./cho.u.sho./de.su.
優點是很會照顧人。

やる気には自信があります。
呀嚕 key　你哇　基吸嗯　嘎　阿哩媽思
ya.ru.ki./ni.wa./ji.shi.n./ga./a.ri.ma.su.
有自信能充滿幹勁。

行動力が私の強みです。
ロー兜－溜哭　嘎　哇他吸 no　此優咪　爹思
ko.u.do.u.ryo.ku./ga./wa.ta.shi./no./tsu.yo.mi./de.su.
我的優點是很有行動力。

礼儀正しいです。
勒－個衣　他搭吸－　爹思
re.i.gi./ta.da.shi.i./de.su.
很有禮貌。

協調性があります。
きょうちょうせい

克優－秋－誰－　嘎　阿哩媽思
kyo.u.cho.u.se.i./ga./a.ri.ma.su.

有協調性。

気持ちの切り替えが早いです。
き も 　　き か　　 はや

key 謀漆 no key 哩咖せ　嘎　哈呀衣　爹思
ki.mo.chi./no./ki.ri.ka.e./ga./ha.ya.i./de.su.

很快就能轉換心情。

責任感と忍耐力があります。
せきにんかん　　にんたいりょく

誰 key 你嗯咖嗯　偷　你嗯他衣溜哭　嘎　阿哩媽思
se.ki.ni.n.ka.n./to./ni.n.ta.i.ryo.ku./ga./a.ri.ma.su.

有責任感也很會忍耐。

コミュニケーション力が高いです。
りょく　 たか

口咪瘀你開－休嗯溜哭　嘎　他咖衣　爹思
ko.myu.ni.ke.e.sho.n.ryo.ku./ga./ta.ka.i./de.su.

很會溝通。

正直なところが自分の長所だと思っていま
しょうじき　　　　　　 じぶん　 ちょうしょ　　　おも
す。

休－基 key 拿　偷口搜　嘎　基捕嗯　no　秋－休搭偷　歐
謀貼衣媽思
sho.u.ji.ki.na./to.ko.ro./ga./ji.bu.n./no./cho.u.sho.da.to./o.mo.
tte.i.ma.su.

我的優點是很真誠。

A：自分の長所は何だと思いますか？

基捕嗯 no 秋一休 哇 拿嗯搭偷 歐謀衣媽思咖

ji.bu.n./no./cho.u.sho.wa./na.n.da.to./o.mo.i.ma.su.ka.

覺得自己的優點是什麼？

B：行動力が私の強みです。

ロ一兜一溜哭 嘎 哇他吸 no 此優咪 爹思

ko.u.do.u.ryo.ku./ga./wa.ta.shi./no./tsu.yo.mi./de.su.

我的優點是有行動力。

何かがあったらすぐ周りと相談します。

拿你咖 嘎 阿·他啦 思古 媽哇哩 偷 搜一搭嗯 吸媽思

na.ni.ka./ga./a.tta.ra./su.gu./ma.wa.ri./to./so.u.da.n./shi.ma.su.

有什麼事，就會馬上和身邊的人商討。

そして問題解決に向ける行動ができます。

搜吸貼 謀嗯搭衣咖開此你 母開嚕 ロ一兜一 嘎 爹 key 媽思

so.shi.te./mo.n.da.i.ka.i.ke.tsu.ni./mu.ke.ru./ko.u.do.u./ga./de.ki.ma.su.

接著能採取行動解決問題。

單字立即用

長所　　優點
<ruby>長<rt>ちょう</rt></ruby><ruby>所<rt>しょ</rt></ruby>
秋ー休　cho. u. sho.

強み　　強項、優點
<ruby>強<rt>つよ</rt></ruby>み
此優咪　tsu. yo. mi.

特徵　　特徵
<ruby>特<rt>とく</rt></ruby><ruby>徵<rt>ちょう</rt></ruby>
偷哭秋ー　to. ku. cho. u.

リーダーシップ　　領袖氣質
哩ー搭ー吸·撲　ri. i. da. a. /shi. ppu.

世話好き　　很會照顧人
<ruby>世<rt>せ</rt></ruby><ruby>話<rt>わ</rt></ruby><ruby>好<rt>ず</rt></ruby>き
誰哇資 key　se. wa. zu. ki.

聞き上手　　擅於傾聽
<ruby>聞<rt>き</rt></ruby>き<ruby>上<rt>じょう</rt></ruby><ruby>手<rt>ず</rt></ruby>
keykey 糾ー資　ki. ki. jo. u. zu.

話し上手　　很會說話
<ruby>話<rt>はな</rt></ruby>し<ruby>上<rt>じょう</rt></ruby><ruby>手<rt>ず</rt></ruby>
哈拿吸糾ー資　ha. na. shi. jo. u. zu.

忍耐強い　　很有耐力
<ruby>忍<rt>にん</rt></ruby><ruby>耐<rt>たい</rt></ruby><ruby>強<rt>づよ</rt></ruby>い
你嗯他衣資優衣　ni. n. ta. i. /zu. yo. i.

技能上優點

短句立即説

りょうり　とくい
料理が得意です。
溜ー哩　嘎　偷哭衣　爹思
ryo.u.ri./ga./to.ku.i./de.su.
很會做菜。

たいりょく　じまん
体力が自慢です。
他衣溜哭　嘎　基媽嗯　爹思
ta.i.ryo.ku./ga./ji.ma.n./de.su.
對體力很有自信。

たいりょく　じしん
体力には自信があります。
他衣溜哭　你哇　基吸嗯　嘎　阿哩媽思
ta.i.ryo.ku./ni.wa./ji.shi.n./ga./a.ri.ma.su.
對體力很有自信。

ものおぼ　はや
物覚えが早いです。
謀 no 歐謀せ　嘎　哈呀衣　爹思
mo.no.o.bo.e./ga./ha.ya.i./de.su.
學東西很快。

短句立即說

そうじ　とくい
掃除が得意です。

搜－基　嘎　偷哭衣　爹思
so.u.ji./ga./to.ku.i./de.su.

很會打掃。

てさき　きよう
手先が器用です。

貼撒 key　嘎　key 優－　爹思
te.sa.ki./ga./ki.yo.u./de.su.

手很靈巧。

うた　　　じしん
歌なら自信があります。

烏他　拿啦　基吸嗯　嘎　阿哩媽思
u.ta./na.ra./ji.shi.n./ga./a.ri.ma.su.

對唱歌這件事有自信。

うんどう　とくい
運動が得意です。

烏嗯兜－　嘎　偷哭衣　爹思
u.n.do.u./ga./to.ku.i./de.su.

擅長運動。

あんざん　　　　じしん
暗算には自信があります。

阿嗯紮嗯　你哇　基吸嗯　嘎　阿哩媽思
a.n.za.n./ni.wa./ji.shi.n./ga./a.ri.ma.su.

對心算有信心。

A：あなたの長所は何ですか？

阿拿他 no 秋ー休 哇 拿嗯 爹思咖

a.na.ta./no./cho.u.sho./wa./na.n./de.su.ka.

你的專長是什麼？

B：小さい頃から、そろばんをやっていたので、
暗算には自信があります。

漆衣撒衣 口摟 咖啦 搜搜巴嗯 喔 呀・貼 衣他 no
爹 阿嗯紮嗯 你哇 基吸嗯 嘎 阿哩媽思

chi.i.sa.i./ko.ro./ka.ra./so.ro.ba.n./o./ya.tte./i.ta./no.de./a.n.za.
n./ni.wa./ji.shi.n./ga./a.ri.ma.su.

我從小，就學珠算，所以對心算很有信心。

器用　靈巧
きよう
key 優一　ki. yo. u.

自信　信心、自信
じしん
基吸嗯　ji. shi. n.

体力　體力
たいりょく
他衣溜哭　ta. i. ryo. ku.

記憶力　記憶力
きおくりょく
key 歐哭溜哭　ki. o. ku. ryo. ku.

足が速い　腳程快
あし　はや
阿吸嘎哈呀衣　a. shi. ga. ha. ya. i.

仕事が早い　工作速度快
しごと　はや
吸狗偷嘎哈呀衣　shi. go. to. ga. ha. ya. i.

創造力　創造力
そうぞうりょく
搜ー走ー溜哭　so. u. zo. u. ryo. ku.

自慢　驕傲
じまん
基媽嗯　ji. ma. n.

菜日語
To Introduce Myself in Japanese
自我介紹篇

興趣

To Introduce
Myself in Japanese

最近熱衷

短句立即說

最近朝ドラにはまっています。
撒衣 key 嗯 阿撒兜啦 你 哈媽·貼 衣媽思
sa.i.ki.n./a.sa.do.ra./ni./ha.ma.tte./i.ma.su.
最近迷上晨間連續劇。

読書にもはまっています。
兜哭休 你謀 哈媽·貼 衣媽思
do.ku.sho./ni.mo./ha.ma.tte./i.ma.su.
也沉迷於閱讀。

野球に夢中になっています。
呀Q一你 母去一你 拿·貼 衣媽思
ya.kyu.u.ni./mu.chu.u./ni./na.tte./i.ma.su.
熱衷於打棒球。

ゲームに夢中です。
給一母 你 母去一 爹思
ge.e.mu./ni./mu.chu.u./de.su.
熱衷於打電動。

熱帯魚に夢中です。

内・他衣哥優 你 母去ー 爹思

ne.tta.i.gyo./ni./mu.chu.u./de.su.

熱衷於養熱帶魚。

着物にはまりました。

key 謀 no 你 哈媽哩媽吸他

ki.mo.no./ni./ha.ma.ri.ma.shi.ta.

愛上和服。

映画に夢中になりました。

せー嘎 你 母去ー 你 拿哩媽吸他

e.i.ga./ni./mu.chu.u./ni./na.ri.ma.shi.ta.

愛上電影。

競馬に興味を持つようになりました。

開ー巴你 克優咪 喔 謀此 優ー你 拿哩媽吸他

ke.i.ba.ni./kyo.u.mi./o./mo.tsu./yo.u.ni./na.ri.ma.shi.ta.

對賽馬開始有興趣。

マイブームはアプリゲームです。

媽衣捕ー母 哇 阿撲哩給ー母 爹思

ma.i.bu.u.mu./wa./a.pu.ri.ge.e.mu./de.su.

我最近很喜歡的是玩 APP 遊戲。

A：趣味は何ですか？

噓咪 哇 拿嗯 爹思咖

shu.mi./wa./na.n./de.su.ka.

你的興趣是什麼？

B：パズルにはまっています。

趴資嚕 你 哈媽・貼 衣媽思

pa.zu.ru./ni./ha.ma.tte./i.ma.su.

我愛上玩拼圖。

それと、読書にもはまっています。

搜勒偷 兜哭休 你謀 哈媽・貼 衣媽思

so.re.to./do.ku.sho./ni.mo./ha.ma.tte./i.ma.su.

也沉迷於閱讀。

有川 浩 さんの本を読んでいます。

阿哩咖哇 he 搜吸 撒嗯 no 吼嗯 喔 優嗯爹 衣媽思

a.ri.ka.wa./hi.ro.shi./sa.n./no./ho.n./o./yo.n.de./i.ma.su.

目前在讀有川浩的書。

單字立即用

マイブーム　　我熱衷的
媽衣捕一母　　ma. i. bu. u. mu.

はまりました　　愛上、沉迷
哈媽哩媽吸他　　ha. ma. ri. ma. shi. ta.

夢中　　熱衷
（むちゅう）
母去一　　mu. chu. u.

ブーム　　熱潮、風潮
捕一母　　bu. u. mu.

興味　　興趣
（きょうみ）
克優一咪　　kyo. u. mi.

中毒　　中毒
（ちゅうどく）
去一兜哭　　chu. u. do. ku.

病みつき　　上癮
（や）
呀咪此 key　　ya. mi. tsu. ki.

やめられません　　無法戒掉
呀妹啦勒媽誰嗯　　ya. me. ra. re. ma. se. n.

電影

短句立即説

私は、映画が好きです。
哇他吸哇 せー嘎 嘎 思key 爹思
wa.ta.shi./wa./e.i.ga./ga./su.ki.de.su.
我喜歡看電影。

一番好きな映画は海猿です。
衣漆巴嗯 思key拿 せー嘎 哇 烏咪紮噜 爹思
i.chi.ba.n./su.ki.na./e.i.ga./wa./u.mi.za.ru./de.su.
最喜歡的電影是海猿。

私の趣味は映画鑑賞です。
哇他吸 no 嘘咪 哇 せー嘎咖嗯休一 爹思
wa.ta.shi./no./shu.mi./wa./e.i.ga.ka.n.sho.u./de.su.
我喜歡看電影。

映画を見るのが好きです。
せー嘎 喔 咪噜 no嘎 思key 爹思
e.i.ga./o./mi.ru./no.ga./su.ki./de.su.
喜歡看電影。

DVD で映画を楽しんでいます。

DVD 爹　廿ー嘎　喔　他 no 吸嗯爹　衣媽思

di.bi.di./de./e.i.ga./o./ta.no.shi.n.de./i.ma.su.

喜歡看電影 DVD。

ラブコメディが好きです。

啦捕　口妹地　嘎　思 key 爹思

ra.bu./ko.me.di./ga./su.ki.de.su.

喜歡愛情喜劇。

趣味で映画 DVD を集めています。

噓咪　爹　廿ー嘎嘎 DVD　喔　阿此妹貼　衣媽思

shu.mi./de./e.i.ga.di.bi.di./o./a.tsu.me.te./i.ma.su.

興趣是收集電影 DVD。

映画館の雰囲気が好きです。

廿ー嘎咖嗯　no　夫嗯衣 key　嘎　思 key　爹思

e.i.ga.ka.n./no./fu.ni.ki./ga./su.ki./de.su.

喜歡電影院的感覺。

字幕無しで映画がわかるようになりたいです。

基媽哭拿吸爹　廿ー嘎　嘎　哇咖嚕　優ー你　拿哩他衣
爹思

ji.ma.ku.na.shi.de./e.i.ga./ga./wa.ka.ru./yo.u.ni./na.ri.ta.i./
de.su.

希望能不靠字幕就看懂電影內容。

會話立即通

A：趣味は何ですか？

噓咪 哇 拿嗯 爹思咖

shu.mi./wa./na.n./de.su.ka.

你的興趣是什麼？

B：私 の趣味は多いです。

哇他吸 no 噓咪 哇 歐一衣 爹思

wa.ta.shi./no./shu.mi./wa./o.o.i./de.su.

我的興趣很多。

映画や野球やゲームなどです。

せー嘎呀 呀Q一呀 給一母 拿兜 爹思

e.i.ga.ya./ya.kyu.u.ya./ge.e.mu./na.do./de.su.

像是電影、棒球或是電玩等。

映画 DVD も集めています。

せー嘎 DVD 謀 阿此妹貼 衣媽思

e.i.ga./di.bi.di./mo./a.tsu.me.te./i.ma.su.

也喜歡收集電影 DVD。

映画館 電影院
えいがかん
せー嘎咖嗯　e.i.ga.ka.n.

アクション映画 動作片
えいが
阿哭休嗯　せー嘎　a.ku.sho.n./e.i.ga.

SF 映画 科幻電影
えいが
せ思せ夫　せー嘎　e.su.e.fu./e.i.ga.

コメディ映画 喜劇電影
えいが
口妹地　せー嘎　ko.me.di./e.i.ga.

サスペンス映画 懸疑電影
えいが
撒思呸嗯思　せー嘎　sa.su.pe.n.su./e.i.ga.

ホラー映画 恐怖電影
えいが
吼啦ー　せー嘎　ho.ra.a./e.i.ga.

探偵映画 偵探電影
たんていえいが
他嗯貼ー　せー嘎　ta.n.te.i./e.i.ga.

ドキュメント映画 紀錄片
えいが
兜Q妹嗯偷　せー嘎　do.kyu.me.n.to./e.i.ga.

音樂

短句立即説

色々な音楽が好きです。

衣攞衣攞拿　歐嗯嘎哭　嘎　思key　爹思

i.ro.i.ro.na./o.n.ga.ku./ga./su.ki./de.su.

我喜歡各種音樂。

日本の歌も好きです。

你吼嗯 no 烏他　謀　思key　爹思

ni.ho.n./no./u.ta./mo./su.ki./de.su.

日本的音樂我也喜歡。

ジャズが好きです。

加資　嘎　思key　爹思

ja.zu./ga./su.ki.de.su.

喜歡爵士。

音楽も色々なスタイルが好きです。

歐嗯嘎哭　謀　衣攞衣攞拿　思他衣嚕　嘎　思key　爹思

o.n.ga.ku./mo./i.ro.i.ro.na./su.ta.i.ru./ga./su.ki./de.su.

我也喜歡各種類型的音樂。

短句立即説

演歌<ruby>えんか</ruby>も好<ruby>す</ruby>きです。
世嗯咖 謀 思key 爹思
e.n.ka./mo./su.ki./de.su.
也喜歡聽演歌。

私<ruby>わたし</ruby>は音楽<ruby>おんがく</ruby>を聴<ruby>き</ruby>くのが好<ruby>す</ruby>きです。
哇他吸 哇 歐嗯嘎哭 喔 key哭 no嘎 思key 爹思
wa.ta.shi./wa./o.n.ga.ku./o./ki.ku./no.ga./su.ki./de.su.
我喜歡聽音樂。

ピアノ曲<ruby>きょく</ruby>を聴<ruby>き</ruby>くのが好<ruby>す</ruby>きです。
披阿no克優哭 喔 key哭 no嘎 思key 爹思
pi.a.no.kyo.ku./o./ki.ku./no.ga./su.ki./de.su.
我很喜歡聽鋼琴曲。

クラシックがすごく好<ruby>す</ruby>きです。
哭啦吸‧哭 嘎 思狗哭 思key 爹思
ku.ra.shi.kku./ga./su.go.ku./su.ki./de.su.
我非常喜歡古典音樂。

いつもダンス曲<ruby>きょく</ruby>を聞<ruby>き</ruby>いています。
衣此謀 搭嗯思 克優哭 喔 key一貼 衣媽思
i.tsu.mo./da.n.su./kyo.ku./o./ki.i.te./i.ma.su.
總是聽舞曲。

A：音楽は好きですか？
歐嗯嘎哭　哇　思key　爹思咖
o.n.ga.ku./wa./su.ki./de.su.ka.
喜歡音樂嗎？

B：はい。
哈衣
ha.i.
是的。

色々な音楽が好きです。
衣攏衣攏拿　歐嗯嘎哭　嘎　思key　爹思
wa.ta.shi./i.ro.i.ro.na./o.n.ga.ku./ga./su.ki./de.su.
我喜歡各種音樂。

実は日本の歌も好きです。
基此　哇　你吼嗯　no　烏他　謀　思key　爹思
ji.tsu./wa./ni.ho.n./no./u.ta./mo./su.ki./de.su.
日本的音樂我也喜歡。

單字立即用

おんがくばんぐみ
音楽番組　　音樂節目
歐嗯嘎哭巴嗯古咪　o. n. ga. ku. ba. n. gu. mi.

ジャンル　　類型、類別
加嗯嚕　ja. n. ru.

ポップ　　流行樂
剖・撲　po. ppu.

ロックンロール　　搖滾
摟・哭嗯摟ー嚕　ro. kku. n. ro. o. ru.

シンフォニー　　交響樂
吸嗯夫喔你ー　shi. n. fo. ni. i.

クラシック　　古典音樂
哭啦吸・哭　ku. ra. shi. kku.

みんぞくおんがく
民族音楽　　民族音樂
咪嗯走哭歐嗯嘎哭　mi. n. zo. ku. o. n. ga. ku.

バラード　　情歌
巴啦ー兜　ba. ra. a. do.

美食廚藝

趣味は料理です。
噓咪 哇 溜ー哩 爹思
shu.mi./wa./ryo.u.ri./de.su.
我的興趣是作菜。

料理が得意です。
溜ー哩 嘎 偷哭衣 爹思
ryo.u.ri./ga./to.ku.i./de.su.
我擅長作菜。

友達とあちこち食べ歩いています。
偷謀搭漆 偷 阿漆口漆 他背阿嚕衣貼 衣媽思
to.mo.da.chi./to./a.chi.ko.chi./ta.be.a.ru.i.te./i.ma.su.
總是和朋友到處吃。

小さな頃から料理番組が大好きです。
漆衣撒拿口撈 咖啦 溜ー哩巴嗯古咪 嘎 搭衣思key
爹思
chi.i.sa.na.ko.ro./ka.ra./ryo.u.ri./ba.n.gu.mi./ga./da.i.su.ki./
de.su.
從小就很愛看料理節目。

グルメ旅行が好きです。
古嚕妹溜口ー 嘎 思key 爹思
gu.ru.me./ryo.ko.u./ga./su.ki./de.su.
喜歡旅行吃美食。

美味しいものを食べると幸せになります。
歐衣吸ー 謀no 喔 他背嚕偷 吸阿哇誰你 拿哩媽思
o.i.shi.i./mo.no./o./ta.be.ru.to./shi.a.wa.se.ni./na.ri.ma.su.
吃了好吃的東西，就會感到幸福。

趣味は食べ歩きです。
噓咪 哇 他背阿嚕key 爹思
shu.mi./wa./ta.be.a.ru.ki./de.su.
喜歡到處吃美食。

自分で食事を作ります。
基捕嗯爹 休哭基 喔 此哭哩媽思
ji.bu.n.de./sho.ku.ji./o./tsu.ku.ri.ma.su.
自己做菜。

食いしん坊です。
哭衣吸嗯玻ー 爹思
ku.i.shi.n.bo.u./de.su.
愛吃鬼。

A：趣味は何ですか？

嘘咪 哇 拿嗯 爹思咖

shu.mi./wa./na.n./de.su.ka.

興趣是什麼？

B：料理とグルメです。

溜一哩 偷 古嚕妹 爹思

ryo.u.ri./to./gu.ru.me./de.su.

喜歡做菜和美食。

友達とあちこち食べ歩いています。

偷謀搭漆 偷 阿漆口漆 他背阿嚕衣貼 衣媽思

to.mo.da.chi./to./a.chi.ko.chi./ta.be.a.ru.i.te./i.ma.su.

總是和朋友到處吃。

美味しいものを食べると 幸 せになります。

歐衣吸一 謀no 喔 他背嚕偷 吸阿哇誰你 拿哩媽思

o.i.shi.i./mo.no./o./ta.be.ru.to./shi.a.wa.se.ni./na.ri.ma.su.

吃了好吃的東西，就會感到幸福。

グルメ　美食
古魯妹　gu. ru. me.

レストラン　餐廳（統稱）
勒思偷啦嗯　re. su. to. ra. n.

屋台　攤販
<ruby>屋台<rt>やたい</rt></ruby>
呀他衣　ya. ta. i.

自炊　自己煮飯
<ruby>自炊<rt>じすい</rt></ruby>
基思衣　ji. su. i.

外食　外食
<ruby>外食<rt>がいしょく</rt></ruby>
嘎衣休哭　ga. i. sho. ku.

グルメ写真　美食照
<ruby>写真<rt>しゃしん</rt></ruby>
古嚕妹膳吸嗯　gu. ru. me. sha. shi. n.

スイーツ　甜點
思衣一此　su. i. i. tsu.

創作料理　創作料理
<ruby>創作料理<rt>そうさくりょうり</rt></ruby>
搜一撒哭溜一哩　so. u. sa. ku. ryo. u. ri.

撮影

趣味は写真を撮ることです。
嘘咪 哇 瞎吸嗯 喔 偷嚕口偷 爹思
shu.mi./wa./sha.shi.n./o./to.ru.ko.to./de.su.
我的興趣是攝影。

特に風景写真が好きです。
偷哭你 夫ー開ー瞎吸嗯 嘎 思key 爹思
to.ku.ni./fu.u.ke.i.sha.shi.n./ga./su.ki./de.su.
最喜歡拍風景。

なんでも撮ります。
拿嗯爹謀 偷哩媽思
na.n.de.mo./to.ri.ma.su.
什麼都拍。

写真を撮ることは本当に楽しいです。
瞎吸嗯 喔 偷嚕口偷 哇 吼嗯偷ー你 他 no 吸ー 爹思
sha.shi.n./o./to.ru.ko.to./wa./ho.n.to.u.ni./ta.no.shi.i./de.su.
拍照真的是件開心的事。

趣味はカメラです。

嘘咪 哇 咖妹啦 爹思

shu.mi./wa./ka.me.ra./de.su.

興趣是玩相機。

一眼レフがほしいです。

衣漆嘎嗯勒夫 嘎 吼吸ー 爹思

i.chi.ga.n.re.fu./ga./ho.shi.i./de.su.

我想要單眼相機。

田舎の風景を撮るのが趣味です。

衣拿咖 no 夫ー開ー 喔 偷嚕 no嘎 嘘咪 爹思

i.na.ka./no./fu.u.ke.i./o./to.ru./no.ga./shu.mi./de.su.

喜歡拍田園風景。

カメラを趣味にしたいです。

咖妹啦 喔 嘘咪你 吸他衣 爹思

ka.me.ra./o./shu.mi./ni./shi.ta.i./de.su.

想要把相機當作是興趣。

趣味で写真を撮っています。

嘘咪爹 瞎吸嗯 喔 偷·貼 衣媽思

shu.mi.de./sha.shi.n./o./to.tte./i.ma.su.

把拍照當作興趣。

會話立即通

A：カメラが好きですか？
咖妹啦 嘎 思key 爹思咖
ka.me.ra./ga./su.ki.de.su.ka.
喜歡玩相機嗎？

B：はい、趣味はカメラです。
哈衣 嘘咪 哇 咖妹啦 爹思
ha.i./shu.mi./wa./ka.me.ra./de.su.
是的，興趣是玩相機。

写真を撮ることは本当に楽しいです。
瞎吸嗯 喔 偷嚕口偷 哇 吼嗯偷一你 他no吸一 爹思
sha.shi.n./o./to.ru.ko.to./wa./ho.n.to.u.ni./ta.no.shi.i./de.su.
拍照真的是件開心的事。

特に風景写真が好きです。
偷哭你 夫一開一瞎吸嗯 嘎 思key 爹思
to.ku.ni./fu.u.ke.i.sha.shi.n./ga./su.ki./de.su.
最喜歡拍風景。

單字立即用

風景写真　　風景照
ふうけいしゃしん
夫ー開ー瞎吸嗯　　fu. u. ke. i. sha. shi. n.

記念写真　　紀念照
きねんしゃしん
key 內嗯瞎吸嗯　　ki. ne. n. sha. shi. n.

シャッター　　快門
瞎・他ー　　sha. tta. a.

デジカメ　　數位相機
爹基咖妹　　de. ji. ka. me.

一眼レフ　　單眼相機
いちがん
衣漆嘎嗯勒夫　　i. chi. ga. n. re. fu.

デジタル一眼レフ　　類單眼
いちがん
爹基他嚕衣漆嘎嗯勒夫　　de. ji. ta. ru. i. chi. ga. n. re. fu.

ファインダー　　觀景窗
夫阿衣嗯搭ー　　fa. i. n. da. a.

写真　　照片
しゃしん
瞎吸嗯　　sha. shi. n.

寵物

短句立即説

うちにはシロという名前のチワワがいます。
烏漆 你哇 吸撲 偷衣烏 拿媽せ no 漆哇哇 嘎 衣
媽思
u.chi.ni.wa./shi.ro./to.i.u./na.ma.e./no./chi.wa.wa./ga./i.ma.
su.
家裡養了隻叫小白的吉娃娃。

犬を飼うのは子供の頃からの夢でした。
衣奴 喔 咖烏 no 哇 口兜謀 no 口撲 咖啦 no 瘀妹
爹吸他
i.nu.o./ka.u./no.wa./ko.do.mo.no.ko.ro./ka.ra.no./yu.me./
de.shi.ta.
從小的夢想是養狗。

1 日に 2 回も散歩に連れていきます。
衣漆你漆你 你咖衣謀 撒嗯剖你 此勒貼 衣 key 媽思
i.chi.ni.chi.ni./ni.ka.i.mo./sa.n.po.ni./tsu.re.te./i.ki.ma.su.
1 天帶出去散步 2 次。

ペットも家族の一員です。
呸・偷 謀 咖走哭 no 衣漆衣嗯 爹思
pe.tto./mo./ka.zo.ku./no./i.chi.i.n./de.su.
寵物也是家族的成員。

短句立即説

熱帯魚を飼っています。
內・他衣哥優　喔咖・貼　衣媽思
ne.tta.i.gyo./o./ka.tte./i.ma.su.
養了熱帶魚。

猫を2匹飼っています。
內口　喔　你hekey　咖・貼　衣媽思
ne.ko./o./ni.hi.ki./ka.tte./i.ma.su.
養了2隻貓。

子供がクワガタを飼っています。
口兜謀　嘎　哭哇嘎他　喔　咖・貼　衣媽思
ko.do.mo./ga./ku.wa.ga.ta./o./ka.tte./i.ma.su.
孩子養了鍬型蟲。

獣医に連れていきます。
居一衣　你　此勒貼　衣key媽思
ju.u.i./ni./tsu.re.te./i.ki.ma.su.
帶去看獸醫。

面倒を見るのが大変です。
妹嗯兜一　喔　咪嚕　no嘎　他衣嘿嗯　爹思
me.n.do.u./o./mi.ru./no.ga./ta.i.he.n./de.su.
要照顧很麻煩。

A：ペットを飼っていますか？

呸‧偷　喔　咖‧貼　衣媽思咖

pe.tto./o./ka.tte./i.ma.su.ka.

家裡有寵物嗎？

B：猫を2匹飼っています。

內口　喔　你hekey　咖‧貼　衣媽思

ne.ko./o./ni.hi.ki./ka.tte./i.ma.su.

養了兩隻貓。

名前はジジとヨヨです。

拿媽せ　哇　基基　偷　優優　爹思

na.ma.e./wa./ji.ji./to./yo.yo./de.su.

名字是JIJI和YOYO。

ペットたちなしの生活は考えられません。

呸‧偷他漆拿吸　no　誰ー咖此　哇　咖嗯嘎せ啦勒媽誰嗯

pe.tto.ta.chi.na.shi./no./se.i.ka.tsu./wa./ka.n.ga.e.ra.re.ma.

se.n.

無法想像沒有寵物們的生活。

單字立即用

ペット　寵物
呸・偷　pe.tto.

猫 <ruby>猫<rt>ねこ</rt></ruby>　貓
內口　ne.ko.

犬 <ruby>犬<rt>いぬ</rt></ruby>　狗
衣奴　i.nu.

うさぎ　兔子
烏撒個衣　u.sa.gi.

亀 <ruby>亀<rt>かめ</rt></ruby>　烏龜
咖妹　ka.me.

魚 <ruby>魚<rt>さかな</rt></ruby>　魚
撒咖拿　sa.ka.na.

カブトムシ　獨角仙
咖捕偷母吸　ka.bu.to.mu.shi.

鍬形虫 <ruby>鍬形虫<rt>くわがたむし</rt></ruby>　鍬形蟲
哭哇嘎他母吸　ku.wa.ga.ta.mu.shi.

菜日語
To Introduce Myself in Japanese
自我介紹篇

專長

To Introduce
Myself in Japanese

藝術專長

短句立即説

ピアノが弾けます。
披阿 no 嘎 he 開媽思
pi.a.no./ga./hi.ke.ma.su.
會彈鋼琴。

楽器を学んだことがあります。
嘎・key 喔 媽拿嗯搭 口偷 嘎 阿哩媽思
ga.kki./o./ma.na.n.da./ko.to./ga./a.ri.ma.su.
學過樂器。

切り絵は 私 の特技です。
key 哩世 哇 哇他吸 no 偷哭個衣 爹思
ki.ri.e./wa./wa.ta.shi./no./to.ku.gi./de.su.
我的專長是紙雕剪紙。

日本舞踊で 賞 をもらいました。
你吼嗯捕優ー 爹 休ー 喔 謀啦衣媽吸他
ni.ho.n.bu.yo.u./de./sho.u./o./mo.ra.i.ma.shi.ta.
曾經拿過日本舞的獎。

小 説で 賞 を取ったことがあります。
<small>しょうせつ　しょう　　　と</small>
休ー誰此 參 休ー 喔 偷·他 口偷 嘎 阿哩媽思
sho.u.se.tsu./de./sho.u./o./to.tta./ko.to./ga./a.ri.ma.su.
曾經寫小説拿過獎。

絵本を出したことがあります。
<small>えほん　だ</small>
せ吼嗯 喔 搭吸他 口偷 嘎 阿哩媽思
e.ho.n./o./da.shi.ta./ko.to./ga./a.ri.ma.su.
曾經出過繪本。

曲 が作れます。
<small>きょく　つく</small>
克優哭　嘎　此哭勒媽思
kyo.ku./ga./tsu.ku.re.ma.su.
會作曲。

パッチワークが得意です。
<small>とくい</small>
趴·漆哇ー哭　嘎　偷哭衣 參思
pa.cchi.wa.a.ku./ga./to.ku.i./de.su.
很擅長拼布。

合 唱 部の部長 です。
<small>がっしょうぶ　ぶちょう</small>
嘎·休ー捕　no　捕秋ー　參思
ga.ssho.u.bu./no./bu.cho.u./de.su.
是合唱社社長。

會話立即通

A：音楽が好きですか？

歐嗯嘎哭　嘎　思 key　爹思咖

o.n.ga.ku./ga./su.ki./de.su.ka.

你喜歡音樂嗎？

B：はい、楽器を学んだことがあります。

哈衣　嘎・key　喔　媽拿嗯搭　口偷　嘎　阿哩媽思

ha.i./ga.kki./o./ma.na.n.da./ko.to./ga./a.ri.ma.su.

是的，我曾經學過音樂。

ピアノが弾けます。

披阿 no　嘎　he 開媽思

pi.a.no./ga./hi.ke.ma.su.

會彈鋼琴。

曲も作れます。

克優哭　謀　此哭勒媽思

kyo.ku./mo./tsu.ku.re.ma.su.

也會做曲。

單字立即用

楽器 　楽器
がっき
嘎・key　ga.kki.

フルート 　長笛
夫嚕ー偷　fu.ru.u.to.

バイオリン 　小提琴
巴衣歐哩嗯　ba.i.o.ri.n.

ギター 　吉他
個衣他ー　gi.ta.a.

作曲 　作曲
さっきょく
撒・克優哭　sa.kkyo.ku.

ダンス 　跳舞、舞蹈
搭嗯思　da.n.su.

伝統舞踊 　傳統舞蹈
でんとうぶよう
爹嗯偷ー捕優ー　de.n.to.u.bu.yo.u.

絵 　繪畫
え
せ　e.

語言專長

短句立即説

私 はイタリア語ができます。
わたし
哇他吸　哇　衣他哩阿狗　嘎　爹key媽思
wa.ta.shi./wa./i.ta.ri.a.go./ga./de.ki.ma.su.
我會説義大利語。

フランス語が 流 暢 です。
ご　りゅうちょう
夫拉嗯思狗　嘎　驪ー秋ー　爹思
fu.ra.n.su.go./ga./ryu.u.cho.u./de.su.
法語説得很流利。

スペイン語が少しできます。
ご　すこ
思呸衣嗯狗　嘎　思口吸　爹key媽思
su.pe.i.n.go./ga./su.ko.shi./de.ki.ma.su.
會説一點西班牙語。

中 国語と韓国語が話せます。
ちゅうごくご　かんこくご　はな
去ー狗哭狗　偷　咖嗯口哭狗　嘎　哈拿誰媽思
chu.u.go.ku.go./to./ka.n.ko.ku.go./ga./ha.na.se.ma.su.
會説中文和韓語。

韓国語を少しだけ話せます。

咖嗯口哭狗　喔　思口吸　搭開　哈拿誰媽思

ka.n.ko.ku.go./o./su.ko.shi./da.ke./ha.na.se.ma.su.

會説一點韓語。

通訳ができます。

此ー呀哭　嘎　爹key媽思

tsu.u.ya.ku./ga./de.ki.ma.su.

能擔任口譯。

中国語を日本語に訳せます。

去ー狗哭狗　喔　你吼嗯狗　你　呀哭誰媽思

chu.u.go.ku.go./o./ni.ho.n.go./ni./ya.ku.se.ma.su.

能把中文翻成日文。

英語が流暢に話せます。

せー狗　嘎　驢ー秋ー你　哈拿誰媽思

e.i.go./ga./ryu.u.cho.u./ni./ha.na.se.ma.su.

英文説得很流利。

4年間フランス語を勉強しました。

優内嗯咖嗯　夫啦嗯思狗　喔　背嗯克優ー　吸媽吸他

yo.ne.n.ka.n./fu.ra.n.su.go./o./be.n.kyo.u./shi.ma.shi.ta.

學了4年法語。

A：フランス語、どれぐらい話せますか？
夫啦嗯思狗　兜勒古啦衣　哈拿誰媽思咖
fu.ra.n.su.go./do.re.gu.ra.i./ha.na.se.ma.su.ka.
法語能說到什麼程度？

B：流暢に話せます。
驢ー秋ー　你　哈拿誰媽思
ryu.u.cho.u./ni./ha.na.se.ma.su.
能說得很流利。

4年間フランス語を勉強しましたから、
優內嗯咖嗯　夫啦嗯思狗　喔　背嗯克優ー　吸媽吸他咖啦
yo.ne.n.ka.n./fu.ra.n.su.go./o./be.n.kyo.u.shi.ma.shi.ta./ka.ra.
因為學過4年法語，

日常会話ができます。
你漆糾ー咖衣哇　嘎　爹key媽思
ni.chi.jo.u.ka.i.wa./ga./de.ki.ma.su.
所以會基本溝通。

單字立即用

りゅうちょう
流 暢　　流利、流暢
驢ー秋ー　　ryu. u. cho. u.

こうりゅう
交 流　　交流
ロー驢ー　　ko. u. ryu. u.

レベル　　程度
勒背嚕　　re. be. ru.

にちじょうかいわ
日 常 会話　　日常會話
你漆糾ー咖衣哇　　ni. chi. jo. u. ka. i. wa.

はな
話せます　　會説
哈拿誰媽思　　ha. na. se. ma. su.

ほうげん
方言　　方言
吼ー給嗯　　ho. u. ge. n.

ことば
言葉　　言語、話語
口偷巴　　ko. to. ba.

ほんやく
翻 訳　　翻譯
吼嗯呀哭　　ho. n. ya. ku.

資格證照

短句立即説

日本語能力試験 3 級に合格しました。

你吼嗚狗 no－溜哭 吸開嗯 撒嗯Q－ 你 狗－咖哭 吸媽吸他

ni.ho.n.go/no.u.ryo.ku./shi.ke.n/sa.n.kyu.u/ni./go.u.ka.ku./shi.ma.shi.ta.

日本語能力測驗 3 級合格。

トーイックで 8 5 0 点を取りました。

偷－衣・哭 爹 哈・披呀哭 狗居・貼嗯 喔 偷哩媽吸他

to.o.i.kku./de./ha.ppya.ku.go.ju.tte.n./o./to.ri.ma.shi.ta.

多益考試拿到 850 分。

教諭免許の資格があります。

克優－瘀妹嗯克優 no 吸咖哭 嘎 阿哩媽思

kyo.u.yu.me.n.kyo./no./shi.ka.ku./ga./a.ri.ma.su.

擁有教師證。

英検の上級にパスしました。

せー開嗯 no 糾Q－ 你 趴思吸媽吸他

e.i.ke.n./no./jo.u.kyu.u./ni./pa.su./shi.ma.shi.ta.

通過英文檢定上級。

うんてんめんきょ　　も
運転免許を持っています。
烏嗯貼嗯　妹嗯克優　喔　謀‧貼　衣媽思
u.n.te.n./me.n.kyo./o./mo.tte./i.ma.su.

有駕照。

せんじつかんごし　　しかく
先日看護師の資格をとりました。
誰嗯基此　咖嗯狗吸　no　吸咖哭　喔　偷哩媽吸他
se.n.ji.tsu./ka.n.go.shi./no./shi.ka.ku./o./to.ri.ma.shi.ta.

前陣子拿到了護士資格。

ほいくし　　しかく　　と
保育士の資格も取りました。
吼衣哭吸　no　吸咖哭　謀　偷哩媽吸他
ho.i.ku.shi./no./shi.ka.ku./mo./to.ri.ma.shi.ta.

拿到了保母執照。

しかく　　と　　　　　　　べんきょう
資格を取るために勉強しています。
吸咖哭　喔　偷嚕　他妹你　背嗯克優ー　吸貼　衣媽思
shi.ka.ku./o./to.ru./ta.me.ni./be.n.kyo.u./shi.te./i.ma.su.

為了資格考試，正在準備。

やくざいし　　　　　　　しかく　　と　　　べんきょうちゅう
薬剤師という資格を取るため勉強中です。
呀哭紮衣吸　偷衣烏　吸咖哭　喔　偷嚕他妹　背嗯克優ー
去ー　爹思
ya.ku.za.i.shi./to.i.u./shi.ka.ku./o./to.ru.ta.me./be.n.kyo.u.chu.u./de.su.

為了拿到藥劑師資格，正在準備中。

A：車 の運転はできますか？

哭嚕媽 no 烏嗯貼嗯 哇 爹 key 媽思咖

ku.ru.ma./no./u.n.te.n./wa./de.ki.ma.su.ka.

你會開車嗎？

B：はい。運転免許を持っています。

哈衣 烏嗯貼嗯妹嗯克優 喔 謀・貼 衣媽思

ha.i./u.n.te.n.me.n.kyo./o./mo.tte./i.ma.su.

會，我有駕照。

A：1人で運転できますか？

he 偷哩 爹 烏嗯貼嗯 爹 key 媽思咖

hi.to.ri./de./u.n.te.n./de.ki.ma.su.ka.

可以 1 個人開嗎？

B：はい、大丈夫だと思います。

哈衣 搭衣糾ー捕搭 偷 喔謀衣媽思

ha.i./da.i.jo.u.bu.da./to./o.mo.i.ma.su.

嗯，我想可以。

單字立即用

しかく
資格　　資格
吸咖哭　　shi.ka.ku.

めんきょ
免許　　執照、駕照
妹嗯克優　　me.n.kyo.

べんきょうちゅう
勉 強 中　　用功中、學習中
背嗯克優－去－　　be.n.kyo.u.chu.u.

ごうかく
合 格　　合格
狗－咖哭　　go.u.ka.ku.

ぎじゅつ
技 術　　技術
個衣居此　　gi.ju.tsu.

にんてい
認 定　　認證、認定
你嗯貼－　　ni.n.te.i.

う
受けます　　接受、應考
烏開媽思　　u.ke.ma.su.

う
受かりました　　通過（考試）
烏咖哩媽吸他　　u.ka.ri.ma.shi.ta.

菜日語

To Introduce Myself in Japanese

自我介紹篇

靜態休閒

To Introduce
Myself in Japanese

閲讀

わたし　ほん　す
私 は本が好きです。

哇他吸哇 吼嗯 嘎 思key 爹思

wa.ta.shi./wa./ho.n./ga./su.ki./de.su.

我喜歡念書。

しゅみ　どくしょ
趣味は読書です。

嘘咪 哇 兜哭休 爹思

shu.mi./wa./do.ku.sho./de.su.

興趣是閱讀。

しょうせつ　よ　す
小 説を読むのが好きです。

休ー誰此 喔 優母no嘎 思key 爹思

sho.u.se.tsu./o./yo.mu.no.ga./su.ki./de.su.

我喜歡讀小説。

だいがくじだい　　　にほんぶんがく　　　　　よ
大学時代には日本文学をたくさん読みました。

搭衣嘎哭 基搭衣你哇 你吼嗯捕嗯嘎哭 喔 他哭撒嗯
優咪媽吸他

da.i.ga.ku./ji.da.i.ni./wa./ni.ho.n.bu.n.ga.ku./o./ta.ku.sa.n./
yo.mi.ma.shi.ta.

大學時代讀了很多日本文學。

短句立即説

Track 079

週(しゅう)に2、3冊(さつ)本(ほん)を読(よ)みます。
噓一你　你撒嗯撒此吼嗯　喔　優咪媽思
shu.u.ni./ni.sa.n.sa.tsu./ho.n./o./yo.mi.ma.su.
一週會讀2、3本書。

手元(てもと)の本(ほん)はなんでも読(よ)みます。
貼謀偷　no　吼嗯　哇　拿嗯爹謀　優咪媽思
te.mo.to./no./ho.n./wa./na.n.de.mo./yo.mi.ma.su.
只要手邊拿得到的書都讀。

子供(こども)のころは漫画(まんが)ばっかり読(よ)んでいました。
口兜謀　no　口摟　哇　媽嗯嘎　巴·咖哩　優嗯爹　衣媽吸他
ko.do.mo./no./ko.ro./wa./ma.n.ga./ba.kka.ri./yo.n.de./i.ma.shi.ta.
小時候總是在看漫畫。

今(いま)は雑誌(ざっし)で書評(しょひょう)された小説(しょうせつ)を読(よ)んでいます。
衣媽哇　紮·吸爹　休合優一　撒勒他　休一誰此　喔　優嗯爹　衣媽思
i.ma./wa./za.sshi.de./sho.hyo.u./sa.re.ta./sho.u.se.tsu./o./yo.n.de./i.ma.su.
現在在讀雜誌書評推薦的小說。

とくにミステリーが好(す)きです。
偷哭你　咪思貼哩一　嘎　思key　爹思
to.ku.ni./mi.su.te.ri.i./ga./su.ki./de.su.
尤其喜歡推理小說。

會話立即通

A：趣味は何ですか？

嘘咪 哇 拿嗯 爹思咖

shu.mi./wa./na.n./de.su.ka.

你的興趣是什麼？

B：趣味は読書です。

嘘咪 哇 兜哭休 爹思

shu.mi./wa./do.ku.sho./de.su.

興趣是閱讀。

手元の本はなんでも読みます。

貼謀偷 no 吼嗯 哇 拿嗯爹謀 優咪媽思

te.mo.to./no./ho.n./wa./na.n.de.mo./yo.mi.ma.su.

只要手邊拿得到的書都讀。

とくにミステリーが好きです。

偷哭你 咪思貼哩ー 嘎 吸key 爹思

to.ku.ni./mi.su.te.ri.i./ga./su.ki./de.su.

尤其喜歡推理小説。

單字立即用

本　書
ほん
吼嗯　ho. n.

雑誌　雑誌
ざっし
紮吸　za. sshi.

週刊誌　週刊
しゅうかんし
噓－咖嗯吸　shu. u. ka. n. shi.

絵本　繪本
えほん
世吼嗯　e. ho. n.

エッセイ　散文
世・誰－　e. sse. i.

新書　大小約為 173 × 105mm 的書籍
しんしょ
吸嗯休　shi. n. sho.

文庫　A6 開本的書籍
ぶんこ
捕嗯口　bu. n. ko.

ベストセラー　暢銷書
背思偷誰啦－　be. su. to. se. ra. a.

藝文活動

短句立即説

ミュージカルを見るのが好きです。
咪瘀ー基咖嚕 喔 咪嚕 no 嘎 思 key 爹思
myu.u.ji.ka.ru./o./mi.ru./no.ga./su.ki./de.su.
喜歡看音樂劇。

趣味は宝塚鑑賞です。
嘘咪 哇 他咖啦資咖 咖嗯休ー 爹思
shu.mi./wa./ta.ka.ra.zu.ka./ka.n.sho.u./de.su.
興趣是看寶塚歌舞劇。

オペラにはまっています。
歐呸啦 你 哈媽・貼 衣媽思
o.pe.ra./ni./ha.ma.tte./i.ma.su.
迷上看歌劇。

絵画は幼少時代からの趣味です。
咖衣嘎 哇 優ー休ー基搭衣 咖啦 no 嘘咪 爹思
ka.i.ga./wa./yo.u.sho.u.ji.da.i./ka.ra./no./shu.mi./de.su.
從小就喜歡繪畫。

よく絵画展に行きます。
<ruby>絵画展<rt>かいがてん</rt></ruby>
優哭 咖衣嘎貼嗯 你 衣 key 媽思
yo.ku./ka.i.ga.te.n./ni./i.ki.ma.su.
常去看畫展。

演劇鑑賞が好きです。
<ruby>演劇鑑賞<rt>えんげきかんしょう</rt></ruby> <ruby>好<rt>す</rt></ruby>
ㄝ嗯給 key 咖嗯休一 嘎 思 key 爹思
e.n.ge.ki./ka.n.sho.u./ga./su.ki./de.su.
喜歡看戲。

この劇団が好きです。
<ruby>劇団<rt>げきだん</rt></ruby> <ruby>好<rt>す</rt></ruby>
口 no 給 key 搭嗯 嘎 思 key 爹思
ko.no./ge.ki.da.n./ga./su.ki./de.su.
喜歡這個劇團。

同じ演目を、違う演者で何回も見ます。
<ruby>同<rt>おな</rt></ruby> <ruby>演目<rt>えんもく</rt></ruby> <ruby>違<rt>ちが</rt></ruby> <ruby>演者<rt>えんじゃ</rt></ruby> <ruby>何回<rt>なんかい</rt></ruby> <ruby>見<rt>み</rt></ruby>
歐拿基 ㄝ嗯謀哭 喔 漆嘎烏 ㄝ嗯加爹 拿嗯咖衣 謀 咪媽思
o.na.ji./e.n.mo.ku./o./chi.ga.u./e.n.ja.de./na.n.ka.i./mo./mi.ma.su.
同樣的戲，會看好幾次不同演員演的。

A：休みの日は何をしていますか？

呀思咪 no he 哇 拿你 喔 吸貼 衣媽思咖

ya.su.mi./no./hi.wa./na.ni./o./shi.te./i.ma.su.ka.

假日通常都做什麼？

B：よく絵画展に行きます。

優哭 咖衣嘎貼嗯 你 衣 key 媽思

yo.ku./ka.i.ga.te.n./ni./i.ki.ma.su.

常去看畫展。

絵を見る時、絵画の中の世界を、

せ喔 咪嚕 偷 key 咖衣嘎 no 拿咖 no 誰咖衣 喔

e.o./mi.ru./to.ki./ka.i.ga./no./na.ka./no./se.ka.i./o.

看畫的時候，感覺能夠讓畫裡面的世界，

自身の周りにまで発展させます。

基吸嗯 no 媽哇哩你 媽爹 哈・貼嗯 撒誰媽思

ji.shi.n./no./ma.wa.ri.ni./ma.de./ha.tte.n./sa.se.ma.su.

拓展到自己的週遭。

單字立即用

ミュージカル　　音樂劇
咪瘀一基咖嚕　my.u.ji.ka.ru.

オペラ　　歌劇
歐呸啦　o.pe.ra.

コンサート　　音樂會、演唱會
口嗯撒一偷　ko.n.sa.a.to.

えんげき
演劇　　舞台劇、劇
世嗯給 key　e.n.ge.ki.

こうえん
公演　　公演
口一世嗯　ko.u.e.n.

ギャラリー　　畫廊、展場
哥呀啦哩一　gya.ra.ri.i.

てんじかい
展示会　　展示會
貼嗯基咖衣　te.n.ji.ka.i.

かいがてん
絵画展　　畫展
咖衣嘎貼嗯　ka.i.ga.te.n.

電視

短句立即説

テレビが大好きになりました。
貼勒逼 嘎 搭衣思key 你 拿哩媽吸他
te.re.bi./ga./da.i.su.ki./ni./na.ri.ma.shi.ta.
變得很喜歡看電視。

ドキュメンタリーが好きです。
兜Q妹嗯他哩ー 嘎 思key 爹思
do.kyu.me.n.ta.ri.i./ga./su.ki./de.su.
喜歡紀實節目。

バラエティ番組を録画して見ています。
巴啦せ貼衣 巴嗯古咪 喔 摟哭嘎 吸貼 咪貼 衣媽思
ba.ra.e.ti./ba.n.gu.mi./o./ro.ku.ga./shi.te./mi.te./i.ma.su.
把綜藝節目錄下來看。

ドラマを見るのが好きです。
兜啦媽 喔 咪嚕 no嘎 思key 爹思
do.ra.ma./o./mi.ru./no.ga./su.ki./de.su.
喜歡看連續劇。

短句立即説

朝から晩までテレビを見ています。
阿撒 咖啦 巴嗯 媽爹 貼勒逼 喔 咪貼 衣媽思
a.sa./ka.ra./ba.n./ma.de./te.re.bi./o./mi.te./i.ma.su.
從早到晚都在看電視。

いつもテレビの前に座っています。
衣此謀 貼勒逼 no 媽せ你 思哇・貼 衣媽思
i.tsu.mo./te.re.bi./no./ma.e.ni./su.wa./tte./i.ma.su.
總是坐在電視機前。

どんな番組も見ます。
兜嗯拿 巴嗯古咪 謀 咪媽思
do.n.na./ba.n.gu.mi./mo./mi.ma.su.
什麼節目都看。

この番組はいつも録画しています。
口 no 巴嗯古咪 哇 衣此謀 摟哭嘎 吸貼 衣媽思
ko.no./ba.n.gu.mi./wa./i.tsu.mo./ro.ku.ga./shi.te./i.ma.su.
都會把這個節目錄下來。

テレビが大好きでよく見ます。
貼勒逼 嘎 搭衣思key 爹 優哭 咪媽思
te.re.bi./ga./da.i.su.ki./de./yo.ku./mi.ma.su.
很喜歡看電視，經常看。

A：どんなジャンルの番組を見ていますか?

兜嗯拿 加嗯嚕 no 巴嗯古咪 喔 咪貼 衣媽思咖

do.n.na./ja.n.ru./no./ba.n.gu.mi./o./mi.te./i.ma.su.ka.

喜歡看什麼類型的節目?

B：基本どんな番組も見ますが、

key 吼嗯 兜嗯拿 巴嗯古咪 謀 咪媽思嘎

ki.ho.n./do.n.na./ba.n.gu.mi./mo./mi.ma.su.ga.

基本上什麼節目都看,

ドキュメンタリーが一番好きです。

兜Q妹嗯他哩ー 嘎 衣漆巴嗯 思key 爹思

do.kyu.me.n.ta.ri.i./ga./i.chi.ba.n./su.ki./de.su.

但最喜歡紀實節目。

いつも録画して見ています。

衣此謀 攏哭嘎 吸貼 咪貼 衣媽思

i.tsu.mo./ro.ku.ga./shi.te./mi.te./i.ma.su.

都會錄下來看。

番組表　節目表
巴嗯古咪合優ー　ba. n. gu. mi. /hyo. u.

ドラマ　連續劇
兜啦媽　do. ra. ma.

ニュース番組　新聞節目
女ー思 巴嗯古咪　nyu. u. su. /ba. n. gu. mi.

情報番組　生活資訊節目
糾ー吼ー 巴嗯古咪　jo. u. ho. u. /ba. n. gu. mi.

音楽番組　音樂節目
歐嗯嘎哭 巴嗯古咪　o. n. ga. ku. ba. n. gu. mi.

バラエティ番組　綜藝節目
巴啦せ貼衣 巴嗯古咪　ba. ra. e. ti. /ba. n. gu. mi.

スポーツ番組　體育節目
思剖ー此 巴嗯古咪　su. po. o. tsu. /ba. n. gu. mi.

生放送　現場直播
拿媽吼ー搜ー　na. ma. /ho. u. so. u.

電腦網路

短句立即説

休みの日はずっとゲームをやっています。

呀思咪 no he 哇 資・偷 給一母 喔 呀・貼 衣媽
思

ya.su.mi./no./hi./wa./zu.tto./ge.e.mu./o./ya.tte./i.ma.su.

休假日都在玩電動。

私の趣味はゲームです。

哇他吸 no 嚧咪哇 給一母 爹思

wa.ta.shi./no./shu.mi./wa./ge.e.mu./de.su.

我的興趣是電動。

なんでもネットで調べます。

拿嗯爹謀 内・偷 爹 吸啦背媽思

na.n.de.mo./ne.tto./de./shi.ra.be.ma.su.

不管什麼都在網上查。

パソコンが得意です。

趴搜口嗯 嘎 偷哭意 爹思

pa.so.ko.n./ga./to.ku.i./de.su.

很懂電腦。

インターネットがないと不安になります。
衣嗯他一內・偷 嘎 拿衣偷 夫阿嗯你 拿哩媽思
i.n.ta.a.ne.tto/ga/na.i.to/fu.a.ni/na.ri.ma.su.
沒有網路就會不安。

オンラインゲームにはまっています。
歐嗯啦衣嗯 給一母 你 哈媽・貼 衣媽思
o.n.ra.i.n/ge.e.mu/ni/ha.ma.tte/i.ma.su.
迷上線上遊戲。

いつもスマホをいじっています。
衣此謀 思媽吼 喔 衣基・貼 衣媽思
i.tsu.mo/su.ma.ho/o/i.ji.tte/i.ma.su.
總是在玩智慧型手機。

電車内ではいつもスマホを見ています。
爹嗯瞎拿衣 爹哇 衣此謀 思媽吼 喔 咪貼 衣媽思
de.n.sha.na.i/de.wa/i.tsu.mo/su.ma.ho/o/mi.te/i.ma.su.
在電車裡總是在看手機。

ゲームアプリに夢中です。
給一母阿撲哩 你 母去一 爹思
ge.e.mu/a.pu.ri/ni/mu.chu.u/de.su.
熱衷於玩遊戲 APP。

會話立即通

A：趣味は何ですか？
しゅみ　なん

嘘咪　哇　拿嗯　爹思咖

shu.mi./wa./na.n./de.su.ka.

你的興趣是什麼？

B：私 の趣味はゲームです。
わたし　　しゅみ

哇他吸 no 嘘咪 哇 給一母 爹思

wa.ta.shi./no./shu.mi./wa./ge.e.mu./de.su.

我的興趣是打電動。

夜中までやってしまい、翌日の仕事がとてもつ
よなか　　　　　　　　　　よくじつ　しごと

らいです。

優拿咖　媽爹　呀·貼　吸媽衣　優哭基此 no 吸狗偷

嘎　偷貼謀　此啦衣　爹思

yo.na.ka./ma.de./ya.tte./shi.ma.i./yo.ku.ji.tsu./no./shi.go.to./

ga./to.te.mo./tsu.ra.i./de.su.

總是不小心玩到半夜，第二天上班很痛苦。

スマホ　智慧型手機
思媽吼　su. ma. ho.

モバイルバッテリー　行動電源
謀巴衣嚕　巴・貼哩ー　mo. ba. i. ru. /ba. tte. ri. i.

タブレット　平板電腦
他捕勒・偷　ta. bu. re. tto.

ポータブルゲーム機き　掌上型電玩
剖ー他捕嚕　給ー母 key　po. o. ta. bu. ru. /ge. e. mu. ki.

PC ゲーム　電腦遊戲
PC 給ー母　pi. shi. ge. e. mu.

ゲームアプリ　遊戲 APP
給ー母　阿撲哩　ge. e. mu. /a. pu. ri.

ネット　網路
內・偷　ne. tto.

オンラインゲーム　線上遊戲
歐嗯啦衣嗯給ー母　o. n. ra. i. n. ge. e. mu.

菜日語
To Introduce Myself in Japanese
自我介紹篇

戶外休閒

To Introduce
Myself in Japanese

旅行

短句立即説

旅行が好きです。
溜口ー 嘎 思key 爹思
ryo.u.ko.u./ga./su.ki./de.su.
我喜歡旅行。

年に 1 回は海外旅行をします。
內嗯 你 衣・咖衣 哇 咖衣嘎衣溜口ー 喔 吸媽思
ne.n./ni./i.kka.i./wa./ka.i.ga.i.ryo.ko.u./o./shi.ma.su.
1年會出國旅行1次。

家族で海外旅行をするのが夢です。
咖走哭 爹 咖衣嘎衣溜口ー 喔 思嚕no嘎 瘶妹 爹思
ka.zo.ku./de./ka.i.ga.i.ryo.ko.u./o./su.ru./no.ga./yu.me./de.su.
夢想是全家一起到國外旅行。

旅することが好きになりました。
他遍思嚕 口偷 嘎 思key 你 拿哩媽吸他
ta.bi.su.ru./ko.to./ga./su.ki./ni./na.ri.ma.shi.ta.
變得喜歡旅行。

ガイドブックを買って読んでいます。

嘎衣兜捕・哭 喔 咖・貼 優嗯爹 衣媽思

ga.i.do.bu.kku./o./ka.tte./yo.n.de./i.ma.su.

買旅遊指南來看。

国内外を問わず、旅行が好きです。

口哭拿衣嘎衣 喔 偷哇資 溜口ー 嘎 思key 爹思

ko.ku.na.i.ga.i./o./to.wa.zu./ryo.ko.u./ga./su.ki./de.su.

不管國內，只要是旅行都喜歡。

日本中たいていのところは行ったことがあります。

你吼嗯居ー 他衣貼ー no 偷口撲 哇 衣・他口偷 嘎 阿哩媽思

ni.ho.n.ju.u./ta.i.te.i./no./to.ko.ro./wa./i.tta.ko.to./ga./a.ri.ma.su.

日本各地我大概都去過了。

１人旅でも、家族連れでも好きです。

he 偷哩他逼 爹謀 咖走資勒 爹謀 思key 爹思

hi.to.ri.ta.bi./de.mo./ka.zo.ku.zu.re./de.mo./su.ki./de.su.

無論是１個人旅行，還是帶家人去，我都喜歡。

行ったうちで一番遠いのはカナダです。

你・他 烏漆爹 衣漆巴嗯 偷ー衣 no哇 咖拿搭 爹思

i.tta.u.chi.de./i.chi.ba.n./to.o.i./no.wa./ka.na.da./de.su.

去過最遠的國家是加拿大。

A：よく旅行しますか？

優哭　溜ロー　吸媽思咖

yo.ku./ryo.ko.u./shi.ma.su.ka.

經常去旅行嗎？

B：はい、旅行が好きです。

哈衣　溜ロー　嘎　思key　爹思

ha.i./ryo.u.ko.u./ga./su.ki./de.su.

是的，我喜歡旅行。

年に 1 回は海外旅行をします。

內嗯　你　衣・咖衣　哇　咖衣嘎衣溜ロー　喔　吸媽思

ne.n./ni./i.kka.i./wa./ka.i.ga.i.ryo.ko.u./o./shi.ma.su.

1年會出國旅行1次。

行ったうちで一番遠いのはカナダです。

你・他　烏添爹　衣漆巴嗯　偷一衣　no哇　咖拿搭　爹思

i.tta./u.chi./de./i.chi.ba.n./to.o.i./no.wa./ka.na.da./de.su.

去過最遠的國家是加拿大。

こくないりょこう
国内旅行　　國內旅行
口哭拿衣溜口－　　ko. ku. na. i. /ryo. ko. u.

かいがいりょこう
海外旅行　　國外旅行
咖衣嘎衣溜口－　　ka. i. ga. i. /ryo. ko. u.

ひとりたび
1人旅　　獨自旅行
he 偷哩他逼　　hi. to. ri. ta. bi.

だんたいりょこう
団体旅行　　團體旅遊
搭嗯他衣溜口－　　da. n. ta. i. /ryo. ko. u.

しゃいんりょこう
社員旅行　　員工旅遊
瞎衣嗯溜口－　　sha. i. n. /ryo. ko. u.

ひがえ　　りょこう
日帰り旅行　　當天來回的旅行
he 嘎せ哩溜口－　　hi. ga. e. ri. /ryo. ko. u.

しんこんりょこう
新婚旅行　　蜜月旅行
吸嗯口嗯溜口－　　shi. n. ko. n. /ryo. ko. u.

ガイドブック　　旅遊指南
嘎衣兜捕・哭　　ga. i. do. /bu. kku.

兜風

短句立即説

ドライブが好きです。
兜啦衣捕　嘎　思key　爹思
do.ra.i.bu./ga./su.ki./de.su.
我喜歡兜風。

ドライブや車が凄く好きです。
兜啦衣捕　呀　哭嚕媽　嘎　思狗哭　思key　爹思
do.ra.i.bu./ya./ku.ru.ma./ga./su.go.ku./su.ki./de.su.
我非常喜歡兜風和車子。

ツーリングが好きです。
此ー哩嗯古　嘎　思key　爹思
tsu.u.ri.n.gu./ga./su.ki./de.su.
喜歡騎摩托車去兜風。

趣味はサイクリングです。
嘘咪　哇　撒衣哭哩嗯古　爹思
shu.mi./wa./sa.i.ku.ri.n.gu./de.su.
喜歡騎自行車。

深夜のドライブが好きです。
吸嗯呀 no 兜啦衣捕 嘎 思key 爹思
shi.n.ya./no./do.ra.i.bu./ga./su.ki./de.su.
我喜歡深夜去兜風。

車 の運転が好きです。
哭嚕媽 no 烏嗯貼嗯 嘎 思key 爹思
ku.ru.ma./no./u.n.te.n./ga./su.ki./de.su.
我喜歡開車。

バイクが好きです。
巴衣哭 嘎 思key 爹思
ba.i.ku./ga./su.ki./de.su.
喜歡摩托車。

最近 新しい自転車を購入しました。
撒衣key嗯 阿他啦吸ー 基貼嗯瞎 喔 口ー女ー 吸媽
吸他
sa.i.ki.n./a.ta.ra.shi.i./ji.te.n.sha./o./ko.u.nyu.u./shi.ma.shi.ta.
最近買了新自行車。

あちこち自転車で走り回っています。
阿漆口漆 基貼嗯瞎 爹 哈吸哩 媽哇‧貼 衣媽思
a.chi.ko.chi./ji.te.n.sha./de./ha.shi.ri./ma.wa.tte./i.ma.su.
騎著自行車到處轉。

A：自転車に詳しいですか？

基貼嗯瞎　你　哭哇吸ー　爹思咖

ji.te.n.sha./ni./ku.wa.shi.i./de.su.ka.

你對自行車很熟嗎？

B：はい、趣味はサイクリングです。

哈衣　嘘咪　哇　撒衣哭哩嗯古　爹思

ha.i./shu.mi./wa./sa.i.ku.ri.n.gu./de.su.

是的，我的興趣是騎自行車兜風。

最近 新しい自転車を購入しました。

撒衣key嗯　阿他啦吸ー　基貼嗯瞎　喔　ロー女ー　吸媽
吸他

sa.i.ki.n./a.ta.ra.shi.i./ji.te.n.sha./o./ko.u.nyu.u./shi.ma.shi.ta.

最近買了新自行車。

あちこち自転車で走り回っています。

阿漆口漆　基貼嗯瞎　爹　哈吸哩　媽哇‧貼　衣媽思

a.chi.ko.chi./ji.te.n.sha./de./ha.shi.ri./ma.wa.tte./i.ma.su.

總騎著車到處轉。

ドライブ　　兜風
兜啦衣捕　　do.ra.i.bu.

ツーリング　　機車旅行／騎機車出遊
此一哩嗯古　　tsu.u.ri.n.gu.

サイクリング　　騎自行車出遊
撒衣哭哩嗯古　　sa.i.ku.ri.n.gu.

めんきょ
免許　　駕照
妹嗯克優　　me.n.kyo.

こくどう
国道　　國道
口哭兜一　　ko.ku.do.u.

じてんしゃせんようどうろ
自転車専用道路　　自行車專用道
基貼嗯膳　誰嗯優一兜一攏
ji.te.n.sha./se.n.yo.u.do.u.ro.

マウンテンバイク　　越野車
媽烏嗯貼嗯巴衣哭　　ma.u.n.te.n./ba.i.ku.

ロードバイク　　公路自行車
攏一兜巴衣哭　　ro.o.do./ba.i.ku.

棒球

短句立即説

プロ野球が好きです。
捕攉呀Q－ 嘎 思key 爹思
pu.ro.ya.kyu.u./ga./su.ki./de.su.
我喜歡職棒。

阪神ファンです。
哈嗯吸嗯 夫阿嗯 爹思
ha.n.shi.n./fa.n./de.su.
是阪神的球迷。

巨人を応援しています。
克優基嗯 喔 歐ー世嗯 吸貼 衣媽思
kyo.ji.n./o./o.u.e.n./shi.te./i.ma.su.
支持巨人隊。

試合のある時は見に行きます。
吸阿衣 no 阿嚕 偷key 哇 咪你 衣key 媽思
shi.a.i./no./a.ru./to.ki./wa./mi.ni./i.ki.ma.su.
有比賽時會去看。

大抵テレビ観戦です。

他衣貼－　貼勒逼　咖嗯誰嗯　爹思

ta.i.te.i./te.re.bi./ka.n.se.n./de.su.

大部分是看電視轉播。

いつか日本で野球の試合を見たいです。

衣此咖　你吼嗯爹　呀Q－　no　吸阿衣　喔　咪他衣　爹思

i.tsu.ka./ni.ho.n./de./ya.kyu.u./no./shi.a.i./o./mi.ta.i./de.su.

希望有天能在日本看棒球比賽。

休みの日は草野球をやっています。

呀思咪 no he 哇 哭撒呀Q－ 喔 呀‧貼 衣媽思

ya.su.mi.no.hi./wa./ku.sa.ya.kyu.u./o./ya.tte./i.ma.su.

假日時在玩棒球。

ポジションはサードです。

剖基休嗯　哇　撒－兜　爹思

po.ji.sho.n./wa./sa.a.do./de.su.

位置是三壘手。

盗塁が得意です。

偷－魯衣　嘎　偷哭衣　爹思

to.u.ru.i./ga./to.ku.i./de.su.

擅長盜壘。

會話立即通

A：スポーツで何が好きですか？
思剖一此 爹 拿你 嘎 思key 爹思咖
su.po.o.tsu./de./na.ni./ga./su.ki./de.su.ka.
運動裡最喜歡什麼？

B：野球が好きです。
呀Q一 嘎 思key 爹思
ya.kyu.u./ga./su.ki./de.su.
我喜歡棒球。

休みの日は草野球をやっています。
呀思咪 no he 哇 哭撒呀Q一 喔 呀·貼 衣媽思
ya.su.mi.no.hi./wa./ku.sa.ya.kyu.u./o./ya.tte./i.ma.su.
假日時在玩棒球。

会社のチームのレギュラーです。
咖衣瞎 no 漆一母 no 勒哥瘵啦一 爹思
ka.i.sha./no./chi.i.mu./no./re.gyu.ra.a./de.su.
是公司球隊的固定先發隊員。

バッティングセンター　打撃練習中心
巴‧貼衣嗯古誰嗯他－　ba.tti.n.gu./se.n.ta.a.

レギュラー　固定先發球員
勒哥瘀啦－　re.gyu.ra.a.

草野球　棒球
哭撒呀Q－　ku.sa.ya.kyu.u.

試合　比賽
吸阿衣　shi.a.i.

日本シリーズ　日本職棒總冠軍賽
你吼嗯 吸哩一資　ni.ho.n./shi.ri.i.zu.

ポジション　位置
剖基休嗯　po.ji.sho.n.

守備　守備
噓逼　shu.bi.

打撃　打撃
搭給key　da.ge.ki.

高爾夫

短句立即説

最近（さいきん）ゴルフを始（はじ）めました。
撒衣 key 嗯 狗嚕夫 喔 哈基妹媽吸他
sa.i.ki.n./go.ru.fu./o./ha.ji.me.ma.shi.ta.
最近開始打高爾夫。

ショットの技（わざ）を磨（みが）いています。
休・偷 no 哇紮 喔 咪嘎衣貼 衣媽思
sho.tto./no./wa.za./o./mi.ga.i.te./i.ma.su.
在練習推桿。

暇（ひま）があれば練習場（れんしゅうじょう）に行（い）っています。
he 媽 嘎 阿勒巴 勒嗯嘘一糾一 你 衣・貼衣媽思
hi.ma./ga./a.re.ba./re.n.shu.u.jo.u./ni.i.tte.i.ma.su.
只要有空就會到練習場

ゴルフ場（じょう）の会員（かいいん）になりました。
狗嚕夫糾一 no 咖衣一嗯 你 拿哩媽吸他
go.ru.fu.jo.u./no./ka.i.i.n./ni./na.ri.ma.shi.ta.
成為高爾夫球場的會員。

短句立即説

ハンディは 2 4 くらいです。
哈嗯爹衣 哇 你居一優嗯 哭啦衣 爹思
ha.n.di./wa./ni.ju.u.yo.n./ku.ra.i./de.su.
差點約是 24 左右。

ゴルフ仲間と一緒にプレイします。
狗嚕夫 拿咖媽 偷 衣‧休你 撲勒一 吸媽思
go.ru.fu./na.ka.ma./to.i.ssho.ni./pu.re.i./shi.ma.su.
和朋友們一起打高爾夫。

ストレスのいい解消になります。
思偷勒思 no 衣一咖衣休一 你 拿哩媽思
su.to.re.su./no./i.i.ka.sho.u./ni./na.ri.ma.su.
是抒解壓力的好方法。

初めてホールインワンをやりました。
哈基媽貼 吼一嚕衣嗯哇嗯 喔 呀哩媽吸他
ha.ji.me.te./ho.o.ru.i.n.wa.n./o./ya.ri.ma.shi.ta.
體驗了人生第一次一桿進洞。

今日、バーディーとりました。
克優一 巴一爹衣 偷哩媽吸他
kyo.u./ba.a.di.i./to.ri.ma.shi.ta.
今天拿到了博蒂。

會話立即通

A：最近何をやっていますか？

撒衣 key 嗯　拿你　喔　呀・貼　衣媽思咖

sa.i.ki.n./na.ni./o./ya.tte./i.ma.su.ka.

最近都做些什麼？

B：最近ゴルフを始めました。

撒衣 key 嗯　狗魯夫　喔　哈基妹媽他

sa.i.ki.n./go.ru.fu./o./ha.ji.me.ma.shi.ta.

最近開始打高爾夫。

暇があれば練習場に行っています。

he 媽　嘎　阿勒巴　勒嗯噓一糾一　你　衣・貼衣媽思

hi.ma./ga./a.re.ba./re.n.shu.u.jo.u./ni./i.tte.i.ma.su.

只要有空就會到練習場

ショットの技を磨いています。

休・愉 no 哇紮　喔　咪嘎衣貼　衣媽思

sho.tto./no./wa.za./o./mi.ga.i.te./i.ma.su.

在練習推桿。

ゴルフクラブ　　高爾夫球桿、高爾夫倶樂部
狗魯夫哭啦捕　　go. ru. fu. /ku. ra. bu.

ゴルフ 場　　高爾夫球場
狗嚕夫糾一　　go. fu. ru. jo. u.

パー　　標準桿、平標準桿
趴一　　pa. a.

バーディー　　博蒂（低於標準桿 1 桿）
巴一爹衣一　　ba. a. di. i.

イーグル　　老鷹（低於標準桿 2 桿）
衣一古嚕　　i. i. gu. ru.

ボギー　　柏忌（高於標準桿 1 桿）
玻個衣一　　bo. gi. i.

キャディ　　桿弟
克呀爹衣　　kya. di.

スコア　　桿數、分數
思口阿　　su. ko. a.

水上活動

短句立即說

水泳が大好きです。
すいえい だいす
思衣せー 嘎 搭衣思key 爹思
su.i.e.i./ga./da.i.su.ki./de.su.
我很喜歡游泳。

サーフィンを始めました。
はじ
撒ー夫衣嗯 喔 哈基妹媽吸他
sa.a.fi.n./o./ha.ji.me.ma.shi.ta.
開始玩衝浪。

スキューバダイビングが好きです。
す
思Qー巴搭衣逼嗯古 嘎 思key 爹思
su.kyu.u.ba.da.i.bi.n.gu.ga./su.ki./de.su.
我喜歡潛水。

海が好きです。
うみ す
烏咪嘎 思key 爹思
u.mi./ga./su.ki./de.su.
喜歡海。

短句立即説

1 キロ泳いでも平気です。
衣添 key 搜　歐優衣爹謀　嘿ー key　爹思
i.chi.ki.ro./o.yo.i.de.mo./he.i.ki./de.su.
游 1 公里也沒問題。

得意の泳ぎはクロールです。
偷哭衣　no　歐優個衣　哇　哭搜ー嚕　爹思
to.ku.i./no./o.yo.gi./wa./ku.ro.o.ru./de.su.
我擅長自由式。

平泳ぎもできます。
he 啦歐優個衣　謀　爹 key 媽思
hi.ra.o.yo.gi./mo./de.ki.ma.su.
也會蛙式。

水中で感じる無重力感が好きです。
思衣去ー爹　咖嗯基嚕　母居ー溜哭咖嗯　嘎　思 key　爹
思
su.i.chu.u.de./ka.n.ji.ru./mu.ju.u.ryo.ku.ka.n./ga./su.ki./de.su.
我喜歡在水中的無重力感。

今はスイスイ泳げます。
衣媽　哇　思衣思衣　歐優給媽思
i.ma./wa./su.i.su.i./o.yo.ge.ma.su.
現在已經能很順暢地游了。

會話立即通

A：何が得意ですか？
拿你　嘎　偷哭衣　爹思咖
na.ni./ga./to.ku.i./de.su.ka.
你擅長什麼？

B：水泳が得意です。
思衣せー　嘎　偷哭衣　爹思
su.i.e.i./ga./to.ku.i./de.su.
我擅長游泳。

1日1キロ泳いでも平気です。
衣漆你漆　衣漆 key 摟　歐優衣爹謀　嘿ー key　爹思
i.chi.ni.chi./i.chi.ki.ro./o.yo.i.de.mo./he.i.ki./de.su.
1天游1公里也沒問題。

得意の泳ぎはクロールです。
偷哭衣　no　歐優個衣　哇　哭摟ー嚕　爹思
to.ku.i./no./o.yo.gi./wa./ku.ro.o.ru./de.su.
我擅長自由式。

單字立即用

プール　　游泳池
撲ー嚕　　pu. u. ru.

すいえい
水泳　　游泳
思衣せー　　su. i. e. i.

ジェットスキー　　水上摩托車
基せ・愉思 key ー　　je. tto. su. ki. i.

パラセーリング　　拖曳傘
趴啦誰ー哩嗯古　　pa. ra. se. e. ri. n. gu.

ウィンドサーフィン　　風帆
烏衣嗯兜撒ー夫衣嗯　　wi. n. do. sa. a. fi. n.

ヨット　　船、遊艇
優・愉　　yo. tto.

せおよ
背泳ぎ　　仰式
誰歐優個衣　　se. o. yo. gi.

バタフライ　　蝶式
巴他夫啦衣　　ba. ta. fu. ra. i.

登山健行

短句立即説

趣味は登山です。
嘘咪 哇 偷紮嗯 爹思
shu.mi./wa./to.za.n./de.su.
我的興趣是爬山。

山が好きでよく登っているんです。
呀媽 嘎 思key爹 優哭 no玻・貼 衣嚕嗯 爹思
ya.ma./ga./su.ki./de./yo.ku./no.bo.tte./i.ru.n./de.su.
我喜歡山，所以經常去爬山。

ハイキングが好きです。
哈衣key嗯古 嘎 思key 爹思
ha.i.ki.n.gu./ga./su.ki./de.su.
我喜歡健行。

天気が良ければよくハイキングに行きます。
貼嗯key 嘎 優開勒吧 優哭 哈衣key嗯古 你 衣key
媽思
te.n.ki./ga./yo.ke.re.ba./yo.ku./ha.i.ki.n.gu./ni./i.ki.ma.su.
天氣好的話，我經常會去健行。

いつか富士登山してみたいです。
衣此咖 夫基偷紮嗯 吸貼 咪他衣 爹思
i.tsu.ka./fu.ji.to.za.n.shi.te./mi.ta.i./de.su.
希望有一天能登上富士山看看。

台湾の山に精通しています。
他衣哇嗯 no 呀媽 你 誰一此一 吸貼 衣媽思
ta.i.wa.n./no./ya.ma./ni./se.i.tsu.u./shi.te.i./ma.su.
對台灣的山脈都很熟。

冬は登山が禁止となる山が多いです。
夫瘀 哇 偷紮嗯 嘎 key嗯吸偷 拿嚕 呀媽 嘎 歐
一衣 爹思
fu.yu./wa./to.za.n./ga./ki.n.shi.to./na.ru./ya.ma./ga./o.o.i./
de.su.
很多山都禁止冬天登山。

安全で易しいコースを選びます。
阿嗯賊嗯 爹 呀撒吸一 口一思 喔 せ啦逼媽思
a.n.ze.n./de./ya.sa.shi.i./ko.o.su./o./e.ra.bi.ma.su.
我選擇安全又簡單的路線。

森のフレッシュな空気は 体 にいいです。
謀哩 no 夫勒・嘘拿 哭一key 哇 咖啦搭你 衣一
爹思
mo.ri./no./fu.re.sshu.na./ku.u.ki./wa./ka.ra.da.ni./i.i./de.su.
呼吸森林裡新鮮的空氣，對身體很好。

A：ところで、田中さんのご趣味は？

偷口撿爹　他拿咖撒嗯　no　狗　嘘咪哇
to.ko.ro.de./ta.na.ka.sa.n./no./go.shu.mi./wa.

對了，田中先生，你的興趣是什麼？

B：ハイキングが好きです。

咖衣 key 嗯古　嘎　思 key 爹思
ha.i.ki.n.gu./ga./su.ki./de.su.

我喜歡健行。

天気が良ければよく行きます。

貼嗯 key　嘎　優開勒巴　優哭　衣 key 媽思
te.n.ki./ga./yo.ke.re.ba./yo.ku.i.ki.ma.su.

天氣好的話，我經常會去健行。

いつも家族揃ってハイキングに出かけます。

衣此謀　咖走哭　搜搜·貼　哈衣 key 嗯古　你　爹咖開媽思
i.tsu.mo./ka.zo.ku./so.ro.tte./ha.i.ki.n.gu./ni./de.ka.ke.ma.su.

總是全家一起去健行。

單字立即用

やまのぼり
山登り　　登山
呀媽 no 玻哩　　ya. ma. no. bo. ri.

やまみち
山道　　山路
呀媽咪漆　　ya. ma. mi. chi.

もり
森　　森林
謀哩　　mo. ri.

けしき
景色　　景色
開吸 key　　ke. shi. ki.

リュック　　登山包／背包
驢・哭　　ryu. kku.

ピクニック　　野餐
披哭你・哭　　pi. ku. ni. kku.

とざんぐつ
登山靴　　登山鞋
偷紮嗯古此　　to. za. n. gu. tsu.

つえ
杖／ストック　　杖
此せ　思偷・哭　　tsu. e. /su. to. kku.

其他體育活動

短句立即説

テニスが好きです。
貼你思 嘎 思key 爹思
te.ni.su./ga./su.ki./de.su.
我喜歡網球。

バレーボールをやっています。
巴勒ー玻ー嚕 喔 呀‧貼 衣媽思
ba.re.e.bo.o.ru./o./ya.tte./i.ma.su.
常打排球。

趣味はジョギングです。
嘘咪 哇 糾個衣嗯古 爹思
shu.mi./wa./jo.gi.n.gu./de.su.
興趣是慢跑。

バドミントンの相手はいつも妻です。
巴兜咪嗯偷嗯 no 阿衣貼 哇 衣此謀 此媽 爹思
ba.do.mi.n.to.n./no./a.i.te./wa./i.tsu.mo./tsu.ma./de.su.
都是老婆和我一起打羽球。

テニススクールに通っています。
貼你思　思哭一嚕　你　咖優·貼　衣媽思
te.ni.su./su.ku.u.ru./ni./ka.yo.tte./i.ma.su.
在網球教室學球。

見るのも、プレイするのも好きです。
咪嚕 no 謀　撲勒一思嚕 no 謀　思 key　爹思
mi.ru./no.mo./pu.re.i.su.ru./no.mo./su.ki./de.su.
喜歡看，也喜歡打。

会社の卓球クラブにも入っています。
咖衣瞎　no　他·Q一哭啦捕　你謀　哈衣·貼　衣媽思
ka.i.sha./no./ta.kkyu.u.ku.ra.bu./ni.mo./ha.i.tte./i.ma.su.
我還加入了公司的桌球俱樂部。

友達とフットサルをしています。
偷謀搭漆　偷　夫·偷撒嚕　喔　吸貼　衣媽思
to.mo.da.chi./to./fu.tto.sa.ru./o./shi.te./i.ma.su.
和朋友玩五人制足球。

私はサッカーファンなんです。
哇他吸　哇　撒·咖一夫阿嗯　拿嗯　爹思
wa.ta.shi./wa./sa.kka.a.fa.n./na.n./de.su.
我是足球迷。

A：趣味は何ですか？

嘘咪 哇 拿嗯 爹思咖

shu.mi/wa./na.n./de.su.ka.

興趣是什麼？

B：サッカーが好きです。

撒‧咖ー 嘎 思key 爹思

sa.kka.a./ga./su.ki./de.su.

我喜歡足球。

よくＪリーグの試合を見に行きます。

優哭 Ｊ哩ー古 no 吸阿衣 喔 咪你 衣key 媽思

yo.ku.j.ri.i.gu./no./shi.a.i./o./mi.ni./i.ki.ma.su.

經常去看日本職業足球的比賽。

友達ともフットサルをしています。

偷謀搭漆 偷謀 夫‧偷撒嚕 喔 吸貼 衣媽思

to.mo.da.chi./to.mo./fu.tto.sa.ru./o./shi.te./i.ma.su.

也會和朋友玩五人制足球。

ビリヤード　　撞球
逼哩呀一兜　　bi. ri. ya. a. do.

卓球　　桌球
_{たっきゅう}
他・Q一　　ta. kkyu. u.

バレーボール　　排球
巴勒一玻一嚕　　be. re. e. bo. o. ru.

テニス　　網球
貼你思　　te. ni. su.

ボウリング　　保齡球
玻一哩嗯古　　bo. u. ri. n. gu.

サッカー　　足球
撒・咖一　　sa. kka. a.

バスケットボール　　籃球
巴思開・偷　玻一嚕　　ba. su. ke. tto. /bo. o. ru.

ジョギング　　慢跑
糾個衣嗯古　　jo. gi. n. gu.

菜日語

To Introduce Myself in Japanese

自我介紹篇

展望

To Introduce
Myself in Japanese

志向目標

短句立即説

通訳になりたいと思っています。
此ー呀哭 你 拿哩他衣 偷 歐謀・貼 衣媽思
tsu.u.ya.ku./ni./na.ri.ta.i./to./o.mo.tte./i.ma.su.
想要成為口譯員。

自分の会社を立ち上げたいです。
基捕嗯 no 咖衣瞎 喔 他漆阿給他衣 爹思
ji.bu.n./no./ka.i.sha./o./ta.chi.a.ge.ta.i./de.su.
想要成立自己的公司。

資格を取りたいです。
吸咖哭 喔 偷哩他衣 爹思
shi.ka.ku./o./to.ri.ta.i./de.su.
想拿到證照。

弁護士になりたいです。
背嗯狗吸 你 拿哩他衣 爹思
be.n.go.shi./ni./na.ri.ta.i./de.su.
想成為律師。

りっぱ けんちくか
立派な建築家になりたいです。
哩・趴拿 開嗯漆哭咖 你 拿哩他衣 爹思
ri.ppa.na./ke.n.chi.ku.ka./ni./na.ri.ta.i./de.su.
想成為成功的建築家。

しょうらい ゆめ じょゆう
将 来の夢は女優になることです。
休一啦衣 no 瘀妹 哇 糾瘀一你 拿嚕口偷 爹思
sho.u.ra.i./no./yu.me./wa./jo.yu.u.ni./na.ru.ko.to./de.su.
將來想成為（女）演員。

い ちょきん
アメリカに行くために貯金しています。
阿妹哩咖 你 衣哭 他妹你 秋key嗯 吸貼 衣媽思
a.me.ri.ka./ni./i.ku./ta.me.ni./cho.ki.n./shi.te./i.ma.su.
為了去美國在存錢。

しょうらい にほん せいかつ おも
将 来は日本で生活したいと思います
休一啦衣 哇 你吼嗯 爹 誰一咖此 吸他衣偷 歐謀衣
媽思
sho.u.ra.i./wa./ni.ho.n./de./se.i.ka.tsu./shi.ta.i.to./o.mo.i.ma.
su.
希望將來能在日本生活。

いちりゅう しょくにん めざ
一 流のパン職 人を目指しています。
衣漆黸一 no 趴嗯休哭你嗯 喔 妹紮吸貼 衣媽思
i.chi.ryu.u./no./pa.n.sho.ku.ni.n./o./me.za.shi.te./i.ma.su.
目標是成為一流的麵包師傅。

A：最も大きな目標は何ですか?

謀・偸謀 歐ー key 拿 謀哭合優ー 哇 拿嗯 爹思咖
mo.tto.mo./o.o.ki.na./mo.ku.hyo.u./wa./na.n./de.su.ka.

最大的目標是什麼?

B：建築家になりたいです。

開嗯漆哭咖 你 拿哩他衣 爹思
ke.n.chi.ku.ka./ni./na.ri.ta.i./de.su.

想成為建築家。

今は専門学校に通って、

衣媽 哇 誰嗯謀嗯嘎・ロー 你 咖優・貼
i.ma./wa./se.n.mo.n.ga.kko.u./ni./ka.yo.tte.

現在在專門學校上課,

国家資格に向けて勉強しています。

ロ・咖吸咖哭 你 母開貼 背嗯克優ー 吸貼 衣媽思
ko.kka.shi.ka.ku./ni./mu.ke.te./be.n.kyo.u./shi.te./i.ma.su.

為了拿到國家資格在努力學習。

がんぼう
願望　　願望
嘎嗯玻一　　ga, n, bo, u,

ゆめ
夢　　夢、夢想
瘀妹　　yu, me,

しょうらい
将来　　將來
休一啦衣　　sho, u, ra, i,

～になりたい　　想成為～
你拿哩他衣　　ni, na, ri, ta, i,

いしゃ
医者　　醫生
衣瞎　　i, sha,

べんごし
弁護士　　律師
背嗯狗吸　　be, n, go, shi,

せんせい
先生　　老師、醫生
誰嗯誰一　　se, n, se, i,

オーナー　　老闆
歐一拿一　　o, o, na, a,

展望　235

自我期許

短句立即説

自分の技能を活かしたいです。
じぶん　ぎのう　い
基捕嗯 no 個衣 no－ 喔 衣咖吸他衣　尞思
ji.bu.n./no./gi.no.u./o./i.ka.shi.ta.i./de.su.
希望活用自己的技術。

もっと技術を磨きたいです。
ぎじゅつ　みが
謀・偷 個衣居此 喔 咪嘎key他衣　尞思
mo.tto./gi.ju.tsu./o./mi.ga.ki.ta.i./de.su.
想要再磨練技術。

コミュニケーション能力を高めたいです。
のうりょく　たか
口咪瘀你開－休嗯 no－溜哭 喔 他咖他衣　尞思
ko.myu.ni.ke.e.sho.n./no.u.ryo.ku./o./ta.ka.me.ta.i./de.su.
想要提升溝通能力。

知識を深めたいです。
ちしき　ふか
漆吸key 喔 夫咖妹他衣　尞思
chi.shi.ki./o./fu.ka.me.ta.i./de.su.
想要增加知識。

視野を広げたいです。
吸呀　喔　he 撈給他衣　爹思
shi.ya.o./hi.ro.ge.ta.i./de.su.
想增廣視野。

人脈を広げたいです。
基嗯咪呀哭　喔　he 撈給他衣　爹思
ji.n.mya.ku.o./hi.ro.ge.ta.i./de.su.
想拓展人脈。

休日を充実させたいです。
Q－基此　喔　居－基此　撒誰他衣　爹思
kyu.u.ji.tsu.o./ju.u.ji.tsu./sa.se.ta.i./de.su.
想讓假日更充實。

英語力を上達させたいです。
せ－狗溜哭　喔　糾－他此　撒誰他衣　爹思
e.i.go.ryo.ku.o./jo.u.ta.tsu./sa.se.ta.i./de.su.
想要提高英語能力。

能力を引き上げたいです。
no －溜哭　喔　hekey 阿給他衣　爹思
no.u.ryo.ku.o./hi.ki.a.ge.ta.i./de.su.
想要提升能力。

A：何か目標がありますか？

拿你咖　謀哭合優ー　嘎　阿哩媽思咖
na.ni.ka./mo.ku.hyo.u./ga./a.ri.ma.su.ka.

你有什麼目標嗎？

B：ガラス職人になるのが夢です。

嘎啦思　休哭你嗯你　拿嚕　no嘎　瘀妹　爹思
ga.ra.su./sho.ku.ni.n.ni./na.ru./no.ga./yu.me./de.su.

將來想成為玻璃藝術家。

今はもっと技術を磨きたいです。

衣媽哇　謀・偷　個衣居此　喔　咪嘎key他衣　爹思
i.ma.wa./mo.tto./gi.ju.tsu./o./mi.ga.ki.ta.i./de.su.

現在想要多磨練自己的技術。

日々頑張っています。

he逼　嘎嗯巴・貼　衣媽思
hi.bi./ga.n.ba.tte./i.ma.su.

每天都在努力。

みが
磨きたい　　想磨練
咪嘎 key 他衣　mi. ga. ki. ta. i.

ひろ
広げたい　　想拓展
he 摟給他衣　hi. ro. ge. ta. i.

ふか
深めたい　　想加深、想提升
夫咖妹他衣　fu. ka. me. ta. i.

たか
高めたい　　想提升
他咖妹他衣　ta. ka. me. ta. i.

そだ
育てたい　　想培養、想培育
搜搭貼他衣　so. da. te. ta. i.

ひ　あ
引き上げたい　　想提升
hekey 阿給他衣　hi. ki. a. ge. ta. i.

じゅうじつ
充実させたい　　想使～充實
居－基此撒誰他衣　ju. u. ji. tsu. sa. se. ta. i.

レベルアップ　　提升、升級
勒背嚕阿‧撲　re. be. ru. a. ppu.

進修技能

短句立即説

まだ学ぶべきことがたくさんあります。

媽搭　媽拿捕背 key 口偷　嘎　他哭撒嗯　阿哩媽思
ma.da./ma.na.bu.be.ki./ko.to./ga./ta.ku.sa.n./a.ri.ma.su.

還有很多東西要學。

通訳の授業を受けています。

此一呀哭 no 居哥優一　喔　烏開貼　衣媽思
tsu.ya.ku./no./ju.gyo.u./o./u.ke.te./i.ma.su.

在上口譯課程。

専門学校に通っています。

誰嗯謀嗯嘎·ロー　你　咖優·貼　衣媽思
se.n.mo.n.ga.kko.u./ni./ka.yo.tte./i.ma.su.

在上專門學校。

パソコン教室に通っています。

趴搜口嗯　克優一吸此　你　咖優·貼　衣媽思
pa.so.ko.n./kyo.u.shi.tsu./ni./ka.yo.tte./i.ma.su.

在電腦教室上課。

短句立即説

プログラミングを学んでいます。
撲撲古啦咪嗯古　喔　嬤拿嗯爹　衣嬤思
pu.ro.gu.ra.mi.n.gu./o./ma.na.n.de./i.ma.su.
在學程式設計。

経営学を学んでいます。
開ーせー嘎哭　喔　嬤拿嗯爹　衣嬤思
ke.i.e.i.ga.ku./o./ma.na.n.de./i.ma.su.
在學經營學。

自動車学校に通っています。
基兜ー瞎　嘎‧ロー　你　咖優‧貼　衣嬤思
ji.do.u.sha./ga.kko.u./ni./ka.yo.tte./i.ma.su.
在上駕訓班。

通信教育を受けています。
此ー吸嗯　克優ー衣哭　喔　烏開貼　衣嬤思
tsu.u.shi.n./kyo.u.i.ku./o./u.ke.te./i.ma.su.
在上通訊課程。

時間を割いて勉強しています。
基咖嗯　喔　撒衣貼　背嗯克優ー　吸貼　衣嬤思
ji.ka.n./o./sa.i.te./be.n.kyo.u./shi.te./i.ma.su.
撥出時間學習。

A：休日に何をしていますか?
Q－基此 你 拿你 喔 吸貼 衣媽思咖
kyu.u.ji.tsu./ni./na.ni./o./shi.te./i.ma.su.ka.
假日都在做什麼?

B：美容師になるために、
逼優－吸 你 拿嚕 他妹你
bi.yo.u.shi./ni./na.ru./ta.me.ni.
為了成為美容師,

ネイルスクールに通っています。
內衣嚕思哭－嚕 你 咖優‧貼 衣媽思
ne.i.ru.su.ku.u.ru./ni./ka.yo.tte./i.ma.su.
在上美甲學校。

通信教育も受けています。
此－吸嗯克育－衣哭 謀 烏開貼 衣媽思
tsu.u.shi.n.kyo.u.i.ku./mo./u.ke.te./i.ma.su.
也在上通信課程。

單字立即用

きょういく
教 育　　教育
克優－衣哭　　kyo. u. i. ku.

スクール　　學校
思哭－嚕　　su. ku. u. ru.

じゅく
塾　　補習班
居哭　　ju. ku.

せんもんがっこう
専 門 学校　　專門學校
誰嗯謀嗯嘎・口－　　se. n. mo. n. /ga. kko. u.

まな
学びます　　學習
媽拿逼媽思　　ma. na. bi. ma. su.

かよ
通います　　來往（上學、上班）
咖優衣媽思　　ka. yo. i. ma. su.

う
受けます　　接受
烏開媽思　　u. ke. ma. su.

なら
習います　　學習
拿啦衣媽思　　na. ra. i. ma. su.

樂日語

To Introduce Myself in Japanese

自我介紹篇

日常生活

To Introduce
Myself in Japanese

購物

短句立即説

よくスーパーに行きます。
優哭 思ー趴ー 你 衣key 媽思
yo.ku./su.u.pa.a./ni./i.ki.ma.su.
經常去超市。

オンラインショッピングは便利です。
歐嗯啦衣嗯 休·披嗯古 哇 背嗯哩 爹思
o.n.ra.i.n./sho.ppi.n.gu./wa./be.n.ri./de.su.
網路購物十分方便。

雑貨などの買い物が好きです。
紮·咖 拿兜 no 咖衣謀 no 嘎 思key 爹思
za.kka./na.do./no./ka.i.mo.no./ga./su.ki./de.su.
喜歡買些生活小物。

いつも商店街で買い物します。
衣此謀 休ー貼嗯嘎衣 爹 咖衣謀 no 吸媽思
i.tsu.mo./sho.u.te.n.ga.i./de./ka.i.mo.no./shi.ma.su.
總是在商店街買東西。

閉店間際に買い物しに行きます。
嘿ー貼嗯媽媽個衣哇　你　咖衣謀 no　吸你　衣 key 媽思
he.i.te.n.ma.gi.wa./ni./ka.i.mo.no./shi.ni./i.ki.ma.su.
在快打烊時去買東西。

一番の楽しみは買い物です。
衣漆巴嗯 no　他 no 吸咪哇　咖衣謀 no　爹思
i.chi.ba.n./no./ta.no.shi.mi./wa./ka.i.mo.no./de.su.
最大的樂趣是購物。

つい衝動買いしてしまいます。
此衣　休ー兜ー嘎衣　吸貼　吸媽衣媽思
tsu.i./sho.u.do.u.ga.i./shi.te./shi.ma.i.ma.su.
總是不小心衝動購物。

いつもセールで買い物しています。
衣此謀　誰ー嚕　爹　咖衣謀 no　衣貼　衣媽思
i.tsu.mo./se.e.ru./de./ka.i.mo.no./shi.te./i.ma.su.
總是在打折時買東西。

日用品を買いだめしています。
你漆優ー he 嗯　喔　咖衣搭妹　吸貼　衣媽思
ni.chi.yo.u.hi.n./o./ka.i.da.me./shi.te./i.ma.su.
總是囤積日用品。

A：一番の楽しみは何ですか？

衣漆巴嗯 no 他no吸咪 哇 拿嗯 爹思咖

i.chi.ba.n./no./ta.no.shi.mi./wa./na.n./de.su.ka.

最大的樂趣是什麼？

B：一番の楽しみは買い物です。

衣漆巴嗯 no 他no吸咪 哇 咖衣謀no 爹思

i.chi.ba.n./no./ta.no.shi.mi./wa./ka.i.mo.no./de.su.

最大的樂趣是購物。

ボーナスを手にすると、

玻一拿思 喔 貼你思嚕偷

bo.o.na.su./o./te.ni.su.ru.to.

一拿到獎金，

お金を使いたくなります。

歐咖內 喔 此他衣他哭 拿哩媽思

o.ka.ne./o./tsu.ka.i.ta.ku./na.ri.ma.su.

就想要花錢。

かもの
買い物　　購物
咖衣謀 no　　ka. i. mo. no.

か
まとめ買い　　一起買／一次買
媽偷妹咖衣　　ma. to. me. ka. i.

つ ど が
その都度買い　　要用再買
搜 no 此兜嘎衣　　so. no. tsu. do. ga. i.

しょうどう が
衝動買い　　衝動購物
休一兜一嘎衣　　sho. u. do. u. ga. i.

い
行きつけ　　常去／習慣去
衣 key 此開　　i. ki. tsu. ke.

かもの
買い物リスト　　購物清單
咖衣謀 no 哩思偷　　ka. i. mo. no. ri. su. to.

せつやく
節約　　節省
誰此呀哭　　se. tsu. ya. ku.

飲食習慣

短句立即説

家で朝ごはんを食べます。
衣せ 爹 阿撒狗哈嗯 喔 他背媽思
i.e./de./a.sa.go.ha.n./o./ta.be.ma.su.
在家吃早餐。

自分で料理を作ります。
基捕嗯 爹 溜一哩 喔 此哭哩媽思
ji.bu.n./de./ryo.u.ri./o./tsu.ku.ri.ma.su.
自己做菜。

妻の手料理が好きです。
此媽 no 貼溜一哩 嘎 思 key 爹思
tsu.ma./no./te.ryo.u.ri./ga./su.ki./de.su.
喜歡老婆親手做的菜。

辛いものが苦手です。
咖啦衣謀 no 嘎 你嘎貼 爹思
ka.ra.i.mo.no./ga./ni.ga.te./de.su.
不擅長吃辣的。

お酒を控えています。
歐撒開　喔　he 咖せ貼　衣媽思
o.sa.ke./o./hi.ka.e.te./i.ma.su.
在減少喝酒量。

ダイエットしています。
搭衣せ・愉　吸貼　衣媽思
da.i.e.tto./shi.te./i.ma.su.
在減肥。

ずっとおやつを我慢しています。
資・愉　歐呀此　喔　嘎媽嗯　吸貼　衣媽思
zu.tto./o.ya.tsu./o./ga.ma.n./shi.te./i.ma.su.
一直忍耐不吃零食。

ご飯は毎食 2 杯食べています。
狗哈嗯　哇　媽衣休哭　你哈衣　他背貼　衣媽思
go.ha.n./wa./ma.i.sho.ku./ni.ha.i./ta.be.te./i.ma.su.
每餐吃 2 碗飯。

野菜不足です。
呀撒衣捕搜哭　爹思
ya.sa.i.bu.so.ku./de.su.
蔬菜攝取不足。

A：自分で料理しますか？
_{じぶん} _{りょうり}
基捕嗯 爹 溜一哩 吸媽思咖
ji.bu.n/de./ryo.u.ri./shi.ma.su.ka.
你自己做菜嗎？

B：はい、料理が好きです。
_{りょうり} _す
哈衣 溜一哩 嘎 思key 爹思
ha.i./ryo.u.ri./ga./su.ki.de.su.
是的，我很喜歡做菜。

毎日お弁当を作っています。
_{まいにち} _{べんとう} _{つく}
媽衣你漆 歐背嗯偷一 喔 此哭・貼 衣媽思
ma.i.ni.chi./o.be.n.to.u./o./tsu.ku.tte./i.ma.su.
每天都做便當。

朝ごはんも家で食べます。
_{あさ} _{いえ} _た
阿撒狗哈嗯 謀 衣せ爹 他背媽思
a.sa.go.ha.n./mo./i.e.de./ta.be.ma.su.
早餐也在家吃。

單字立即用

栄養 營養
えいよう
ㄝ一優一　e.i.yo.u.

肉食 肉食
にくしょく
你哭休哭　ni.ku.sho.ku.

おやつ 零食
歐呀此　o.ya.tsu.

間食 正餐以外進餐
かんしょく
咖嗯休哭　ka.n.sho.ku.

食習慣 飲食習慣
しょくしゅうかん
休哭噓一咖嗯　sho.ku.shu.u.ka.n.

朝ごはん 早餐
あさ
阿撒狗哈嗯　a.sa.go.ha.n.

昼ごはん 午餐
ひる
he 嚕狗哈嗯　hi.ru.go.ha.n.

晩ごはん 晚餐
ばん
巴嗯狗哈嗯　ba.n.go.ha.n.

睡眠作息

短句立即說

あさがたにんげん
朝型人間です。
阿撒嘎他　你嗯給嗯　爹思
a.sa.ga.ta./ni.n.ge.n./de.su.
早睡早起的人。

よるがた
夜型です。
優嚕嘎他　爹思
yo.ru.ga.ta./de.su.
夜貓子。

おそ　　　　　　　お
遅くまで起きています。
歐搜哭　媽爹　歐key貼　衣媽思
o.so.ku./ma.de./o.ki.te./i.ma.su.
很晚睡。

はやねはや　お
早寝早起きです。
哈呀內　哈呀歐key　爹思
ha.ya.ne./ha.ya.o.ki./de.su.
早睡早起。

短句立即説

夜更かしが好きです。

優夫咖吸　嘎　思 key　爹思

yo.fu.ka.shi./ga./su.ki./de.su.

喜歡熬夜。

朝早く出勤しています。

阿撒　哈呀哭　嘘·key 嗯　吸貼　衣媽思

a.sa./ha.ya.ku./shu.kki.n./shi.te./i.ma.su.

早上很早去上班。

夜なかなか寝付けません。

優嚕　拿咖拿咖　內此開媽誰嗯

yo.ru./na.ka.na.ka./ne.tsu.ke.ma.se.n.

晚上睡不著。

睡眠時間が短いです。

思衣咪嗯基咖嗯　嘎　咪基咖衣　爹思

su.i.me.n.ji.ka.n./ga./mi.ji.ka.i./de.su.

睡眠時間很短。

朝のほうが勉強しやすいです。

阿撒 no 吼ー　嘎　背嗯克優ー　吸呀思衣　爹思

a.sa.no.ho.u./ga./be.n.kyo.u./shi.ya.su.i./de.su.

早上比較好念書。

會話立即通

A：夜型人間ですか？
よるがたにんげん
優嚕嘎他　你嗯給嗯　爹思咖
yo.ru.ga.ta./ni.n.ge.n./de.su.ka.
你是夜貓子嗎？

B：はい、直したいのですが、
なお
哈衣　拿歐吸他衣 no　爹思嘎
ha.i./na.o.shi.ta.i.no./de.su.ga.
是的，我一直想改，

夜なかなか寝付けません。
よる　　　　　　　　ねつ
優嚕　拿咖拿咖　內此開媽誰嗯
yo.ru./na.ka.na.ka./ne.tsu.ke.ma.se.n.
但晚上都睡不著。

いつも眠くなるのは明け方です。
ねむ　　　　　　あ　がた
衣此謀　內母哭拿嚕　no 哇　阿開嘎他　爹思
i.tsu.mo./ne.mu.ku.na.ru./no.wa./a.ke.ga.ta./de.su.
每次想睡時已經是凌晨了。

夜更かし　　熬夜
よ　ふ
優夫咖吸　　yo. fu. ka. shi.

起きる　　起床
お
歐 key 嚕　　o. ki. ru.

寝る　　睡
ね
內嚕　　ne. ru.

眠い　　想睡
ねむ
內母衣　　ne. mu. i.

徹夜　　熬夜
てつや
貼此呀　　te. tsu. ya.

夜明かし　　清晨
よ　あ
優阿咖吸　　yo. a. ka. shi.

早起き　　早起
はや　お
哈呀歐 key　　ha. ya. o. ki.

昼寝　　午睡
ひるね
he 嚕內　　hi. ru. ne.

才藝學習

短句立即説

ピアノレッスンを4年受けています。
披阿 no 勒・思嗯 喔 優內嗯 烏開貼 衣媽思
pi.a.no./re.ssu.n./o./yo.ne.n./u.ke.te./i.ma.su.
目前為止學了4年鋼琴。

10歳の時から空手を習っています。
基・撒衣 no 偷 key 咖啦 咖啦貼 喔 拿啦・貼 衣媽思
ji.ssa.i./no./to.ki.ka.ra./ka.ra.te./o./na.ra.tte./i.ma.su.
10歳開始學空手道。

習字を習っています。
嘘ー基 喔 拿啦・貼 衣媽思
shu.u.ji./o./na.ra.tte./i.ma.su.
在學書法。

7歳から地元の野球チームに入っています。
拿拿撒衣 咖啦 基謀偷 no 呀Q－漆ー母你 哈衣・貼 衣媽思
na.na.sa.i./ka.ra./ji.mo.to./no./ya.kyu.u.chi.i.mu.ni./ha.i.tte./i.ma.su.
7歳開始就加入當地的棒球隊。

茶道を学んでいます。
撒兜ー 喔 媽拿嗯爹 衣媽思
sa.do.u./o./ma.na.n.de./i.ma.su.
在學茶道。

英会話教室に通っています。
せー咖衣哇 克優ー吸此 你 咖哟・貼 衣媽思
e.i.ka.i.wa./kyo.u.shi.tsu./ni./ka.yo.tte./i.ma.su.
在英語會話教室上課。

三味線を習いたいと思っています。
瞎咪誰嗯 喔 拿啦衣他衣 歐謀・貼 衣媽思
sha.mi.se.n./o./na.ra.i.ta.i.to./o.mo.tte./i.ma.su.
想要學三弦琴。

子供の頃書道を習っていました。
口兜謀 no 口撲 休兜ー 喔 拿啦・貼 衣媽吸他
ko.do.mo./no./ko.ro./sho.do.u./o./na.ra.tte./i.ma.shi.ta.
小時候學過書法。

音楽教室をやっています。
歐嗯嘎哭克優ー吸此 喔 呀・貼 衣媽思
o.n.ga.ku.kyo.u.shi.tsu./o./ya.tte./i.ma.su.
經營音樂教室。

A：何か習い事をしていますか？

拿你咖　拿啦衣狗偷　喔　吸貼　衣媽思咖

na.ni.ka./na.ra.i.go.to./o./shi.te./i.ma.su.ka.

有沒有在學什麼呢？

B：習字を習っています。

噓ー基　喔　拿啦・貼　衣媽思

shu.u.ji./o./na.ra.tte./i.ma.su.

在學書法。

字がうまくなりました。

基嘎　烏媽哭　拿哩媽吸他

ji.ga./u.ma.ku./na.ri.ma.shi.ta.

字變得好看了。

静かな時間も心地いいのです。

吸資咖拿　基咖嗯　謀　口口漆衣ー no　爹思

shi.zu.ka.na./ji.ka.n./mo./ko.ko.chi.i.i.no./de.su.

安靜的時間感覺也很舒服。

習い事　才藝、學東西
なら ごと
拿啦衣狗偷　na. ra. i. go. to.

折り紙　摺紙
お がみ
歐哩嘎咪　o. ri. ga. mi.

着物レッスン　學穿和服的課
きもの
key 謀 no 勒‧思嗯　ki. mo. no. /re. ssu. n.

編み物　編織
あ もの
阿咪謀 no　a. mi. mo. no.

ビーズ　串珠
逼一資　bi. i. zu.

フラワーアレンジメント　花藝設計
夫啦哇一　阿勒嗯基妹嗯偷

fu. ra. wa. a. /a. re. n. ji. me. n. to.

ネイルアート　指甲藝術
內衣嚕阿一偷　ne. i. ru. a. a. to.

ヨガ　瑜珈
優嘎　yo. ga.

菜日語
To Introduce Myself in Japanese
自我介紹篇

結尾

To Introduce
Myself in Japanese

請多關照

短句立即説

よろしくお願いします。
優撲吸哭　歐內嘎衣　吸媽思
yo.ro.shi.ku./o.ne.ga.i./shi.ma.su.
請多多指教。

これからもよろしく。
口勒咖啦謀　優撲吸哭
ko.re.ka.ra.mo./yo.ro.shi.ku.
今後也多多指教。

これからもよろしくお願いします。
口勒咖啦謀　優撲吸哭　歐內嘎衣　吸媽思
ko.re.ka.ra.mo./yo.ro.shi.ku./o.ne.ga.i./shi.ma.su.
今後也請多多指教。

どうぞよろしくお願いします。
兜一走　優撲吸哭　歐內嘎衣　吸媽思
do.u.zo./yo.ro.shi.ku./o.ne.ga.i./shi.ma.su.
請多多指教。

短句立即説

こちらこそよろしく。
口漆啦口搜　優攏吸哭
ko.chi.ra.ko.so./yo.ro.shi.ku.
彼此彼此，請多指教。

何_{なにぶん}分よろしくお願_{ねが}いいたします。
拿你捕嗯　優攏吸哭　歐內嘎衣　衣他吸媽思
na.ni.bu.n./yo.ro.shi.ku./o.ne.ga.i./i.ta.shi.ma.su.
懇請多指教。

どうぞよろしくお願_{ねが}い申_あし上げます。
兜一走　優攏吸哭　歐內嘎衣　謀一吸阿給媽思
do.u.zo./yo.ro.shi.ku./o.ne.ga.i./mo.u.shi.a.ge.ma.su.
請多多指教。

どうぞよろしくお願_{ねが}いいたしします。
兜一走　優攏吸哭　歐內嘎衣　衣他吸媽思
do.u.zo./yo.ro.shi.ku./o.ne.ga.i./i.ta.shi.ma.us.
請多多指教。

何_{なにとぞ}卒よろしくお願_{ねが}い申_{もう}し上_あげます。
拿你偷走　優攏吸哭　歐內嘎衣　謀一吸阿給媽思
na.ni.to.zo./yo.ro.shi.ku./o.ne.ga.i./mo.shi.a.ge.ma.su.
請多多指教。

A：<ruby>私<rt>わたし</rt></ruby>は<ruby>陳太郎<rt>ちんたろう</rt></ruby>と<ruby>言<rt>い</rt></ruby>います。

哇他吸　哇　漆嗯他撋一　偷　衣一媽思

wa.ta.shi./wa./chi.n.ta.ro.u./to./i.i.ma.su.

我叫陳太郎。

<ruby>会社員<rt>かいしゃいん</rt></ruby>です。

咖衣瞎衣嗯　爹思

ka.i.sha.i.n./de.su.

是上班族。

よろしくお<ruby>願<rt>ねが</rt></ruby>いします。

優撋吸哭　歐內嘎衣　吸媽思

yo.ro.shi.ku./o.ne.ga.i./shi.ma.su.

請多多指教。

B：こちらこそよろしくお<ruby>願<rt>ねが</rt></ruby>いします。

口漆啦口搜　優撋吸哭　歐內嘎衣　吸媽思

ko.chi.ra.ko.so./yo.ro.shi.ku./o.ne.ga.i./shi.ma.su.

彼此彼此，請多指教。

こんご
今後　　**今後**
口嗯狗　　ko.n.go.

これからも　　從今以後也
口勒咖啦謀　　ko.re.ka.ra.mo.

なにとぞ
何卒　　懇請
拿你偷走　　na.ni.to.zo.

なにぶん
何分　　懇請
拿你捕嗯　　na.ni.bu.n.

こちらこそ　　彼此彼此
口漆啦口搜　　ko.chi.ra.ko.so.

ぜひとも　　請務必
賊 he 偷謀　　ze.hi.to.mo.

ひ　つづ
引き続き　　接著
hekey 此資 key　　hi.ki.tsu.zu.ki.

よろしく　　多指教
優摟吸哭　　yo.ro.shi.ku.

介紹第三人

短句立即説

ご紹介いたします
狗休一咖衣　衣他吸媽思
go.sho.u.ka.i./i.ta.shi.ma.su.
由我來介紹。

ご紹介させていただきます。
狗休一咖衣　撒誰貼　衣他搭 key 媽思
go.sho.u.ka.i./sa.se.te./i.ta.da.ki.ma.su.
由我為大家介紹。

こちらが田中さんです。
口漆啦　嘎　他拿咖撒嗯　爹思
ko.chi.ra./ga./ta.na.ka.sa.n./de.su.
這位是田中先生。

部下の田中です。
捕咖　no　他拿咖　爹思
bu.ka./no./ta.na.ka./de.su.
這是我的部下田中。

こちらは妻のめぐみです。

口添啦 哇 此媽 no 妹古咪 爹思

ko.chi.ra./wa./tsu.ma./no./me.gu.mi./de.su.

這是我的老婆惠美。

妻は台湾の高雄の出身です。

此媽 哇 他衣哇嗯 no 他咖歐 no 嘯・吸嗯 爹思

tsu.ma./wa./ta.i.wa.n.no./ta.ka.o.no./shu.sshi.n./de.su.

內人是台灣的高雄人。

妻は出版社で仕事をしています。

此媽哇 嘯・趴嗯瞎 爹 吸狗偷喔 吸貼 衣媽思

tsu.ma.wa./shu.ppa.n.sha./de./shi.go.to.o./shi.te./i.ma.su.

內人在出版社工作。

主人は私より幾つか年上です。

嘯基嗯 哇 哇他吸 優哩 衣哭此咖 偷吸烏せ 爹思

shu.ji.n./wa./wa.ta.shi./yo.ri./i.ku.tsu.ka./to.shi.u.e./de.su.

我的先生比我大幾歲。

こちらが私どもの部長の田中です。

口添啦嘎 哇他吸兜謀 no 捕秋ー no 他拿咖 爹思

ko.chi.ra.ga./wa.ta.shi.do.mo.no./bu.cho.u.no./ta.na.ka./
de.su.

這位是我們的部長田中。

會話立即通

A：ご紹介いたします。

狗休－咖衣　衣他吸媽思

go.sho.u.ka.i./i.ta.shi.ma.su.

由我來為大家介紹。

こちらが田中さんです。

口漆啦嘎　他拿咖撒嗯　爹思

ko.chi.ra.ga./ta.na.ka.sa.n./de.su.

這位是田中先生。

B：田中秀雄と申します。

他拿咖 he 爹歐　偷　謀－吸媽思

ta.na.ka.hi.de.o./to./mo.u.shi.ma.su.

我叫田中秀雄。

どうぞよろしくお願いします。

兜－走　優搜吸哭　歐內嘎衣　吸媽思

do.u.zo./yo.ro.shi.ku./o.ne.ga.i./shi.ma.su.

請多多指教。

單字立即用

わたし
私 ども　　我們（謙稱）
哇他吸兜謀　wa. ta. shi. do. mo.

わたし
私 の　　我的
哇他吸 no　wa. ta. shi. no.

ぶ か
部下　　部下
捕卡　bu. ka.

じょうし
上司　　上司
糾一吸　jo. u. shi.

こうはい
後輩　　後輩
ロー哈衣　ko. u. ha. i.

せんぱい
先輩　　前輩
誰嗯趴衣　se. n. pa. i.

へいしゃ
弊社　　敝公司
嘿一瞎　he. i. sha.

へいてん
弊店　　敝店
黑一貼嗯　he. i. te. n.

期待再會

短句立即説

この次にまたお会いしましょう。
口 no 此個衣你　媽他　歐阿衣　吸媽休－
ko.no.tsu.gi.ni./ma.ta./o.a.i./shi.ma.sho.u.
下次再見。

それではまた。
搜勒爹哇　媽他
so.re.de.wa./ma.ta.
那麼，下次見。

近いうちにまた。
漆咖衣　烏漆你　媽他
chi.ka.i./u.chi.ni./ma.ta.
希望很快再見。

それでは、また改めて伺います。
搜勒爹哇　媽他　阿啦他妹貼　烏咖嘎衣媽思
so.re.de.wa./ma.ta./a.ra.ta.me.te./u.ka.ga.i.ma.su.
那麼，我會再來拜訪。

近々また連絡します。
漆咖基咖　媽他　勒嗯啦哭　吸媽思
chi.ka.ji.ka./ma.ta./re.n.ra.ku./shi.ma.su.
近期會再聯絡。

またお会いしましょう。
媽他　歐阿衣　吸媽休ー
ma.ta./o.a.i./shi.ma.sho.u.
下次再見。

それでは、また後ほど。
搜勒爹哇　媽他　no 漆吼兜
so.re.de.wa./ma.ta./no.chi.ho.do.
那麼，待會見。

次回もよろしくお願いいたします。
基咖衣謀　優攙吸哭　歐內嘎衣　衣他吸媽思
ji.ka.i.mo./yo.ro.shi.ku./o.ne.ga.i./i.ta.shi.ma.su.
下次也請多指教。

今度ゆっくり食事でもしましょう。
口嗯兜　瘀 · 哭哩　休哭基　爹謀　吸媽休ー
ko.n.do./yu.kku.ri./sho.ku.ji./de.mo./shi.ma.sho.u.
下次一起好好吃個飯吧。

會話立即通

A：今日は楽しかったです。
克優一　哇　他 no 吸咖・他　爹思
kyo.u./wa./ta.no.shi.ka.tta./de.su.
今天很開心。

今度ゆっくり食事でもしましょう。
口嗯兜　瘀・哭哩　休哭基　爹謀　吸媽休一
ko.n.do./yu.kku.ri./sho.ku.ji./de.mo./shi.ma.sho.u.
下次好好吃個飯吧。

B：はい、ぜひまたお会いしましょう。
哈衣　賊 he　媽他　歐阿衣　吸媽休一
ha.i./ze.hi./ma.ta./o.a.i./shi.ma.sho.u.
好的。絕對要再碰面。

次回もよろしくお願いします。
基咖衣　謀　優撈吸哭　歐內嘎衣　吸媽思
ji.ka.i./mo./yo.ro.shi.ku./o.ne.ga.i./sh.ma.su.
下次也請多指教。

今度 下次
こんど
口嗯兜　ko. n. do.

いつか 總有一天
衣此咖　i. tsu. ka.

次回 下次
じかい
基咖衣　ji. ka. i.

また 再
媽他　ma. ta.

連絡 聯絡
れんらく
勒嗯啦哭　re. n. ra. ku.

再会 再見面
さいかい
撒衣咖衣　sa. i. ka. i.

後ほど 待會兒
のち
no 漆吼兜　no. chi. ho. do.

近いうちに 近期
ちか
漆咖衣烏漆你　chi. ka. i. u. chi. ni.

樂日語

To Introduce Myself in Japanese

自我介紹篇

常見問題

To Introduce
Myself in Japanese

問姓名年齡

短句立即説

お名前は何ですか。
歐拿媽せ 哇 拿嗯 爹思咖
o.na.ma.e./wa./na.n./de.su.ka.
請問大名是？

お名前は何とおっしゃいますか？
歐拿媽せ 哇 拿嗯to 歐・瞎衣媽思咖
o.na.ma.e./wa./na.n.to./o.ssha.i.ma.su.ka.
請問大名？

お名前を 伺 ってもよろしいでしょうか？
歐拿媽せ喔 烏咖嘎・貼謀 優捜吸一 爹休一咖
o.na.ma.e.o./u.ka.ga.tte.mo./yo.ro.shi.i./de.sho.u.ka.
能否請教您的大名。

何とお呼びすればよいですか？
拿嗯偷 歐優逼思勒巴 優衣 爹思咖
na.n.to./o.yo.bi.su.re.ba./yo.i./de.su.ka.
該怎麼稱呼？

もう一度お名前を伺ってもよろしいでしょうか？

謀ー衣漆兜　歐拿媽せ喔　烏咖嘎‧貼謀　優攄吸ー　爹休ー咖

mo.u.i.chi.do./o.na.ma.e.o./u.ka.ga.tte.mo./yo.ro.shi.i./de.sho.u.ka.

可以再問一次你的名字嗎？

お名前をもう一度教えていただいてよろしいでしょうか？

歐拿媽せ喔　謀ー衣漆兜　歐吸せ貼　衣他搭衣貼優攄吸ー　爹休ー咖

o.na.ma.e.o./mo.u.i.chi.do./o.shi.e.te./i.ta.da.i.te./yo.ro.shi.i./de.sho.u.ka.

可以再問一次你的名字嗎？

おいくつですか？

歐衣哭此　爹思咖

o.i.ku.tsu./de.su.ka.

請問你幾歲？

歳はいくつですか？

偷吸　哇　衣哭此　爹思咖

to.shi./wa./i.ku.tsu./de.su.ka.

請問你幾歲？

何年生まれですか？

拿嗯內嗯　烏媽勒　爹思咖

na.n.ne.n./u.ma.re./de.su.ka.

請問你是幾年生的？

A：お名前は何とおっしゃいますか？

歐拿媽せ哇　拿嗯偷　歐・瞎衣媽思咖

o.ne.ma.e.wa./na.n.to./o.ssha.i.ma.su.ka.

請問您的大名是？

B：田中恵理です。

他拿咖　せ哩　爹思

ta.na.ka./e.ri./de.su.

我叫田中恵理。

A：失礼ですが、お歳はおいくつですか？

吸此勒ー　爹思嘎　歐偷吸　哇　歐衣哭此　爹思咖

shi.tsu.re.i./de.su.ga./o.to.shi.wa./o.i.ku.tsu./de.su.ka.

不好意思，請問你幾歲？

B：３０代後半です。

撒嗯基・搭衣　口ー哈嗯　爹思

sa.n.ji.dda.i./ko.u.ha.n./de.su.

我快 40 歲了。

おいくつ 請問你幾歳
歐衣哭此　o. i. ku. tsu.

お名前は 請問你的名字
歐拿媽世哇　o. na. ma. e. wa.

もう一度 再一次
謀一衣漆兜　mo. u. i. chi. do.

伺います 請問
烏咖嘎衣媽思　u. ka. ga. i. ma. su.

失礼ですが 不好意思
吸此勒一 爹思嘎　shi. tsu. re. i. /de. su. ga.

失礼 失禮
吸此勒一　shi. tsu. re. i.

秘密 祕密
he 咪此　hi. mi. tsu.

内緒 保密
拿衣休　na. i. sho.

問出身及聯絡方式

短句立即説

お住まいはどちらですか？

歐思媽衣　哇兜漆啦爹思咖

o.su.ma.i./wa./do.chi.ra./de.su.ka.

請問你住在哪裡？

どちらにお住まいですか？

兜漆啦　你　歐思媽衣　爹思咖

do.chi.ra./ni./o.su.ma.i./de.su.ka.

請問你住在哪裡？

出身はどちらですか？

嘘‧吸嗯　哇　兜漆啦　爹思咖

shu.sshi.n./wa./do.chi.ra./de.su.ka.

請問你是在哪邊長大的？

ご出身はどちらですか？

狗嘘‧吸嗯　哇　兜漆啦　爹思咖

go.shu.sshi.n./wa./do.chi.ra./de.su.ka.

請問你是在哪邊長大的？

ご実家はどこですか？
狗基・咖哇 兜口 爹思咖
go.ji.kka./wa./do.ko./de.su.ka.
你的故鄉是哪裡？

ご家族は何人ですか？
狗咖走哭 哇 拿嗯你嗯 爹思咖
go.ka.zo.ku./wa./na.n.ni.n./de.su.ka.
你家裡有幾個人呢？

何人家族ですか？
拿嗯你嗯 咖走哭 爹思咖
na.n.ni.n./ka.zo.ku./de.su.ka.
你家裡有幾個人呢？

メール教えてください。
姐一嚕 歐吸せ貼 哭搭撒衣
me.e.ru./o.shi.te./ku.da.sa.i.
請告訴我電子郵件帳號。

電話番号を教えてください。
爹嗯哇巴嗯狗一 喔 歐吸せ貼 哭搭撒衣
de.n.wa.ba.n.go.u./o./o.shi.e.te./ku.da.sa.i.
請告訴我電話號碼。

A：ご実家はどこですか？
狗基・咖哇　兜口　爹思咖
go.ji.kka.wa./do.ko./de.su.ka.
你的故鄉在哪？

B：台湾です。
他衣哇嗯　爹思
ta.i.wa.n./de.su.
在台灣。

A：台湾のどこですか？
他衣哇嗯　no　兜口　爹思咖
ta.i.wa.n./no./do.ko./de.su.ka.
台灣的哪裡呢？

B：台湾の台中市です。
他衣哇嗯　no　他衣去一吸　爹思
ta.i.wa.n./no./ta.i.chu.u.shi./de.su.
台灣的台中市。

父 父親
漆漆　chi.chi.

母 母親
哈哈　ha.ha.

婿 女婿
母口　mu.ko.

嫁 媳婦
優妹　yo.me.

孫 孫子
媽狗　ma.go.

夫婦 夫妻
夫一夫　fu.u.fu.

夫 丈夫
歐‧偷　o.tto.

妻 妻子
此媽　tsu.ma.

問工作

短句立即説

何の仕事をしていますか?

拿嗯no 吸狗偷 喔 吸貼 衣媽思咖

na.n.no./shi.go.to./o./shi.te./i.ma.su.ka.

請問你從事什麼工作?

どんなお仕事をされていらっしゃいますか?

兜嗯拿 歐吸狗他 喔 撒勒貼 衣啦·瞎衣媽思咖

do.n.na./o.shi.go.to./o./sa.re.te./i.ra.ssha.i.ma.su.ka.

請問您從事什麼工作。

どのようなお仕事をされているのですか?

兜no 優ー拿 歐吸狗偷 喔 撒勒貼 衣嚕no 爹思咖

do.no.yo.u.na./o.shi.go.to./o./sa.re.te./i.ru.no./de.su.ka.

請問您從事什麼工作。

どちらの会社にお勤めですか?

兜漆啦 no 咖衣瞎你 歐此偷妹 爹思咖

do.chi.ra./no./ka.i.sha.ni./o.tsu.to.me./de.su.ka.

請問你在哪上班?

どちらにお勤めですか？
兜漆啦你　歐此偷妹　爹思咖
do.chi.ra.ni./o.tsu.to.me./de.su.ka.
請問你在哪裡工作？

何をなさっているのですか？
拿你喔　拿撒‧貼　衣嚕no　爹思咖
na.ni.o./na.sa.tte./i.ru.no./de.su.ka.
請問你的工作是什麼？

どういう関係のお仕事ですか？
兜一衣烏　咖嗯開一　no　歐吸狗偷　爹思咖
do.u.i.u./ka.n.ke.i./no./o.shi.go.to./de.su.ka.
請問你是從事哪方面的工作？

ここでは長くお勤めですか？
口口爹哇　拿嘎哭　歐此偷妹　爹思咖
ko.ko.de.wa./na.ga.ku./o.tsu.to.me./de.su.ka.
請問你在這裡工作很久了嗎？

ここでのあなたのご担当は何ですか？
口口爹no　阿拿他no　狗他嗯偷一哇　拿嗯　爹思咖
ko.ko.de.no./a.na.ta.no./go.ta.n.to.u.wa./na.n./dc.su.ka.
你在這公司負責什麼工作呢？

A：どんなお仕事をされていらっしゃいます
か？

兜嗯拿 歐吸狗偷 喔 撒勒貼 衣啦・瞎衣媽思咖

do.n.na./o.shi.go.to./o./sa.re.te./i.ra.ssha.i.ma.su.ka.

請問您從事什麼工作。

B：会社員です。

咖衣瞎衣嗯 爹思

ka.i.sha.i.n./de.su.

我是上班族。

貿易会社に勤めています。

玻一せ key 嘎衣瞎 你 此偷妹貼 衣媽思

bo.u.e.ki.ga.i.sha./ni./tsu.to.me.te./i.ma.su.

在貿易公司工作。

営業本部の部長をしています。

せ一哥優一吼嗯捕 no 捕秋一喔吸貼 衣媽思

e.i.gyo.u.ho.n.bu./no./bu.cho.u.o./shi.te./i.ma.su.

擔任事業總部的部長。

どこ　哪裡
兜口　do. ko.

どちら　哪裡
兜漆啦　do. chi. ra.

どんな　怎樣的
兜嗯拿　do. n. na.

どのような　怎樣的
兜 no 優ー拿　do. no. yo. u. na.

何　什麼
拿你　na. ni.

お勤め　工作
歐此偷妹　o. tsu. to. me.

～業　～業
哥優ー　gyo. u.

関連　相關
咖嗯勒嗯　ka. n. re. n.

問專長興趣

短句立即説

田中さんのご趣味は？
他拿咖撒嗯 no 狗嘘咪哇
ta.na.ka.sa.n./no./go.shu.mi.wa.
田中先生，你的興趣是什麼？

趣味は何ですか？
嘘咪 哇 拿嗯 爹思咖
shu.mi./wa./na.n./de.su.ka.
興趣是什麼？

休みの時間は何をしていますか？
呀思咪 no 基咖嗯哇 拿你喔 吸貼衣媽思咖
ya.su.mi.no./ji.ka.n./wa./na.ni.o./shi.te./i.ma.su.ka.
休息時都在做什麼？

普段何をしていますか？
夫搭嗯 拿你喔 吸貼衣媽思咖
fu.da.n./na.ni.o./shi.te./i.ma.su.ka.
平常都做什麼？

休日はどう過ごしていますか？

Q－基此　哇　兜－　思狗吸貼　衣媽思咖

kyu.u.ji.tsu./wa./do.u./su.go.shi.te./i.ma.su.ka.

假日都怎麼度過？

何か特技がありますか？

拿你咖　偷哭個衣　嘎　阿哩媽思咖

na.ni.ka./to.ku.gi./ga./a.ri.ma.su.ka.

有什麼專長？

日本語ができますか？

你吼嗯狗　嘎　爹 key 媽思咖

ni.ho.n.go./ga./de.ki.ma.su.ka.

會講日文嗎？

機械の操作は大丈夫ですか？

key 咖衣　no　搜ㄧ撒　哇　搭衣糾ㄧ捕　爹思咖

ki.ka.i./no./so.u.sa./wa./da.i.jo.u.bu./de.su.ka.

機器操作沒問題嗎？

何か資格を持っていますか？

拿你咖　吸咖哭喔　謀・貼　衣媽思咖

na.ni.ka./shi.ka.ku.o./mo.tte./i.ma.su.ka.

有什麼資格證照嗎？

A：田中さんのご趣味は？
他拿咖撒嗯　no　狗噓咪哇
ta.na.ka.sa.n./no./go.shu.mi.wa.
田中先生，你的興趣是什麼？

B：サッカーです。
撒・咖ー　爹思
sa.kka.a./de.su.
興趣是足球。

陳さんは？
漆嗯撒嗯　哇
chi.n.s.an./wa.
陳先生你呢？

A：私 は映画が好きです。
哇他吸哇　せー嘎　嘎　思key　爹思
wa.ta.shi.wa./e.i.ga./ga./su.ki./de.su.
我喜歡看電影。

休み　休息
やす

呀思咪　ya. su. mi.

休日　假日
きゅうじつ

Q－基此　kyu. u. ji. tsu.

週末　週末
しゅうまつ

嘘一媽此　shu. u. ma. tsu.

仕事以外　工作之外
しごといがい

吸狗偷　衣嘎衣　shi. go. to. /i. ga. i.

休暇　休假
きゅうか

Q－咖　kyu. u. ka.

道楽　樂趣、休閒
どうらく

兜一啦哭　do. u. ra. ku.

楽しみ　樂趣
たの

他 no 吸咪　ta. no. shi. mi.

時間つぶし　消磨時間
じかん

基咖嗯此捕吸　ji. ka. n. tsu. bu. shi.

問喜好

短句立即説

気に入っていますか？
key 你衣・貼　衣媽思咖
ki.ni.i.tte./i.ma.su.ka.
喜歡嗎？

好きですか？
思 key　爹思咖
su.ki./de.su.ka.
喜歡嗎？

どのようなスポーツが好きですか？
兜 no 優一拿　思剖一此　嘎　思 key　爹思咖
do.no.yo.u.na./su.po.o.tsu./ga./su.ki./de.su.ka.
喜歡什麼運動？

釣りを楽しまれているのですか？
此哩　喔　他 no 吸媽勒貼　衣嚕 no　爹思咖
tsu.ri.o./ta.no.shi.ma.re.te./i.ru.no./de.su.ka.
很喜歡釣魚嗎？

好きな食べ物は何ですか?
思key拿 他背謀no 哇 拿嗯 爹思咖
su.ki.na./ta.be.mo.no./wa./na.n./de.su.ka.
喜歡吃什麼?

食べ物の好き嫌いはありますか?
他背謀no no 思keykey 啦衣 哇 阿哩媽思咖
ta.be.mo.no./no./su.ki.ki.ra.i./wa./a.ri.ma.su.ka.
有什麼不吃的嗎?

一番好きな映画は何ですか?
衣漆巴嗯 思key拿 せ一嘎哇 拿嗯 爹思咖
i.chi.ba.n./su.ki.na./e.i.ga.wa./na.n./de.su.ka.
最喜歡的電影是什麼?

どんな音楽を聴いていますか?
兜嗯拿 歐嗯嘎哭 喔 key一貼 衣媽思咖
do.n.na./o.n.ga.ku./o./ki.i.te./i.ma.su.ka.
都聽什麼音樂?

好きなタイプはどんな人ですか?
思key拿 他衣撲 哇 兜嗯拿 he偷 爹思咖
su.ki.na./ta.i.pu./wa./do.n.na./hi.to./de.su.ka.
喜歡哪一型的人?

會話立即通

A：映画は好きですか？
ㄝ一嘎 哇 思key 爹思咖
e.i.ga./wa./su.ki./de.su.ka.
你喜歡看電影嗎？

B：ええ、好きです。
ㄝ一 思key 爹思
e.e./su.ki.de.su.
嗯，喜歡。

A：一番好きな映画は何ですか？
衣漆巴嗯 思key拿 ㄝ一嘎哇 拿嗯爹思咖
i.chi.ba.n./su.ki.na./e.i.ga.wa./na.n.de.su.ka.
最喜歡的電影是什麼？

B：アイアンマンです。
阿衣阿嗯媽嗯 爹思
a.i.a.n.ma.n./de.su.
最喜歡鋼鐵人。

お気に入り　　喜歡
歐 key 你衣哩　　o. ki. ni. i. ri.

一番好き　　最喜歡
衣漆巴嗯思 key　　i. chi. ba. n. su. ki.

好き嫌い　　好惡
思 keykey 啦衣　　su. ki. ki. ra. i.

お酒好き　　喜歡喝酒
歐撒開資 key　　o. sa. ke. zu. ki.

～ファン　　喜歡～的人、支持者
夫阿嗯　　fa. n.

～マニア　　～愛好者
媽你阿　　ma. ni. a.

好み　　偏好
口 no 咪　　ko. no. mi.

好みじゃない　　不喜歡
口 no 咪加拿衣　　ko. no. mi. ja. na. i.

請人引見

短句立即説

紹介してくれませんか？
休ー咖衣 吸貼 哭勒媽誰嗯咖
sho.u.ka.i./shi.te./ku.re.ma.se.n.ka.
可以幫我介紹嗎？

ご紹介いただけないでしょうか？
狗休ー咖衣 衣他搭開拿衣 爹休ー咖
go.sho.u.ka.i./i.ta.da.ke.na.i./de.sho.u.ka.
可以幫我介紹嗎？

ご紹介いただければ幸いです。
狗休ー咖衣 衣他搭開勒巴 撒衣哇衣 爹思
go.sho.u.ka.i./i.ta.da.ke.re.ba./sa.i.wa.i./de.su.
如果能介紹給我認識的話就太好了。

田中様へお引き合わせ願えませんか？
他拿咖撒媽せ 歐 hekey 阿哇誰 內嘎せ媽誰嗯咖
ta.na.ka.sa.ma.e./o.hi.ki.a.wa.se./ne.ga.e.ma.se.n.ka.
可以幫我引見田中先生嗎？

田中様へご紹介いただければ幸いです。

他拿咖撒媽せ　狗休－咖衣　衣他搭開勒巴　撒衣哇衣　爹思

ta.na.ka.sa.ma./e./go.sho.u.ka.i./i.ta.da.ke.re.ba./sa.i.wa.i./de.su.

如果能介紹田中先生給我認識的話就太好了。

私にもご紹介いただけないでしょうか？

哇他吸你謀　狗休－咖衣　衣他搭開ないで　爹修ー咖

wa.ta.shi.ni.mo./go.sho.u.ka.i./i.ta.da.ke.na.i./de.sho.ka.

可以介紹給我認識嗎？

ぜひご紹介ください。

賊he　狗休－咖衣　哭搭撒衣

ze.hi./go.sho.u.ka.i./ku.da.sa.i.

請幫我介紹。

ぜひ紹介してください。

賊he　休－咖衣吸貼　哭搭撒衣

ze.hi./sho.u.ka.i.shi.te./ku.da.sa.i.

請務必幫我介紹。

ご紹介をお願いいたします。

狗休－咖衣喔　歐內嘎衣　衣他吸媽思

go.sho.u.ka.i.o./o.ne.ga.i./i.ta.shi.ma.su.

請幫我介紹。

A：田中様へご紹介いただけないでしょうか？

他拿咖撒媽せ　狗休－咖衣　衣他搭開拿衣　爹休－咖

ta.na.ka.sa.ma./e./go.sho.u.ka.i./i.ta.da.ke.na.i./de.sho.u.ka.

可以請您介紹田中先生給我認識嗎？

B：ええ、いいですよ。

せ－　衣－　爹思優

e.e./i.i./de.su.yo.

嗯，好啊。

田中さん、こちらは部下の山下です。

他拿咖撒嗯　口漆啦哇　捕咖 no　呀媽吸他　爹思

ta.na.ka.sa.n./ko.chi.ra.wa./bu.ka.no./ya.ma.shi.ta./de.su.

田中先生，這位是我的部下，姓山下。

A：はじめまして、山下智と申します。

哈基妹媽吸貼　呀媽吸他撒偷吸　偷　謀－吸媽思

ha.ji.me.ma.shi.te./ya.ma.shi.ta.sa.to.shi./to./mo.u.shi.ma.su.

初次見面，我叫山下智。

單字立即用

しょうかい
紹 介　　介紹
休一咖衣　　sho. u. ka. i.

あんない
案 内　　介紹
阿嗯拿衣　　a. n. na. i.

ひ　あ
引き合わせ　　引見
hekey 阿哇誰　　hi. ki. a. wa. se.

か　お　あ
顔合わせ　　碰面
咖歐阿哇誰　　ka. o. a. wa. se.

し　あ
知り合い　　認識的人
吸哩阿衣　　shi. ri. a. i.

ともだち
友 達　　朋友
偷謀搭漆　　to. mo. da. chi.

しんゆう
親 友　　好朋友
吸嗯瘀一　　shi. n. yu. u.

どうりょう
同 僚　　同事
兜一溜一　　do. u. ryo. u.

菜日語

To Introduce Myself in Japanese

自我介紹篇

介紹台灣

To Introduce
Myself in Japanese

基本知識

短句立即説

太平洋に位置する島です。
他衣嘿ー優ー 你 衣漆思嚕 吸媽 爹思
ta.i.he.i.yo.u./ni./i.chi.su.ru./shi.ma./de.su.
位於太平洋上的島嶼。

ユーラシア大陸の東南にあります。
瘀ー啦吸阿他衣哩哭 no 偷ー拿嗯你 阿哩媽思
yu.u.ra.shi.a.ta.i.ri.ku./no./to.u.na.n.ni./a.ri.ma.su.
在歐亞大陸的東南方。

台湾の首都は台北市です。
他衣哇嗯 no 嚧偷 哇 偷衣呸ー吸 爹思
ta.i.wa.n./no./shu.to./wa./ta.i.pe.i.shi./de.su.
台灣的首都是台北市。

一番大きな都市は新北市です。
衣漆巴嗯 歐ー key 拿 偷吸哇 吸嗯吼哭吸 爹思
i.chi.ba.n./o.o.ki.na./to.shi.wa./shi.n.ho.ku.shi./de.su.
最大的城市是新北市。

おきなわ　にし
沖縄の西にあります。
歐 key 拿哇　no　你吸　你　阿哩媽思
o.ki.na.wa./no./ni.shi./ni./a.ri.ma.su.
在沖繩的西邊。

りょこう　　　　　　ところ
旅行しやすい 所 です。
溜口ー　吸呀思衣　偷口攫　爹思
ryo.ko.u./shi.ya.su.i./to.ko.ro./de.su.
是適合旅行的地方。

やま　　おお
山が多いです。
呀媽　嘎　歐ー衣　爹思
ya.ma./ga./o.o.i./de.su.
山很多。

おんせん　　ほうふ
温泉も豊富です。
歐嗯誰嗯　謀　吼ー夫　爹思
o.n.se.n./mo./ho.u.fu./de.su.
温泉資源也豐富。

しんにちか　　おお
親日家が多いです。
吸嗯你漆咖　嘎　歐ー衣　爹思
shi.n.ni.chi.ka./ga./o.o.i./de.su.
親日派的人很多。

會話立即通

A：台湾はどんな国ですか？

他衣哇嗯 哇 兜嗯拿 哭你 爹思咖

ta.i.wa.n./wa./do.n.na./ku.ni./de.su.ka.

台灣是怎樣的國家？

B：山が多いです。

呀媽 嘎 歐一衣 爹思

ya.ma./ga./o.o.i./de.su.

山很多。

温泉も豊富です。

歐嗯誰嗯 謀 吼一夫 爹思

o.n.se.n./mo./ho.u.fu./de.su.

溫泉資源也豐富。

とっても旅行しやすい所です。

偷·貼謀 溜口一吸呀思衣 偷口搜 爹思

to.tte.mo./ryo.ko.u.shi.ya.su.i./to.ko.ro./de.su.

是非常適合旅行的地方。

單字立即用

太平洋　太平洋
たいへいよう
他衣嘿ー優ー　　ta. i. he. i. yo. u.

観光　觀光
かんこう
咖嗯口ー　　ka. n. ko. u.

台北　台北
たいぺい
他衣呸ー　　ta. i. pe. i.

桃園　桃園
とうえん
偷ーせ嗯　　to. u. e. n.

台中　台中
たいちゅう
他衣去ー　　ta. i. chu. u.

台南　台南
たいなん
他衣拿嗯　　ta. i. na. n.

花蓮　花蓮
かれん
咖勒嗯　　ka. re. n.

高雄　高雄
たかお
他咖歐　　ta. ka. o.

推薦景點

短句立即説

士林夜市はにぎやかです。
吸哩嗯優衣漆　哇　你個衣呀咖　爹思
shi.ri.n.yo.i.chi./wa./ni.gi.ya.ka./de.su.
士林夜市很熱鬧。

九份はおすすめです。
Q－夫嗯　哇　歐思思妹　爹思
kyu.u.fu.n./wa./o.su.su.me./de.su.
我推薦九份。

太魯閣は景色が綺麗です。
他攏口　哇　開吸 key　嘎　key 勒－爹思
ta.ro.ko./wa./ke.shi.ke./ga./ki.re.i./de.su.
太魯閣風景美麗。

故宮博物院が有名です。
口Q－　哈哭捕此衣嗯　嘎　瘀－妹－　爹思
ko.kyu.u./ha.ku.bu.tsu.i.n./ga./yu.u.me.i./de.su.
故宮博物院很有名。

たいぺいいちまるいち　だいひょうてき
台北 101 は代表的です。

他衣呸ー　衣漆媽嚕衣漆　哇　搭衣合優ー貼key　爹思

ta.i.pe.i./i.chi.ma.ru.i.chi./wa./da.i.hyo.u.te.ki./de.su.

台北 101 很具代表性。

にちげつたん
日月潭にロープウェイがあります。

你漆給此他嗯你　摟ー撲烏せー　嘎　阿哩媽思

ni.chi.ge.tsu.ta.n.ni./ro.o.pu.we.i./ga./a.ri.ma.su.

日月潭有纜車。

うらな　よこちょう　ゆうめい
占い横丁が有名です。

烏啦拿衣　優口秋ー　嘎　瘀ー妹ー　爹思

u.ra.na.i./yo.ko.cho.u./ga./yu.u.me.i./de.su.

算命街很有名。

てら　おお
お寺が多いです。

歐貼啦　嘎　歐ー衣　爹思

o.te.ra./ga./o.o.i./de.su.

有很多寺廟。

たいなん　ぶんか　こと　よ
台南は文化の古都と呼ばれています。

他衣拿嗯　哇　捕嗯咖 no　口偷偷　優巴勒貼　衣媽思

ta.i.na.n./wa./bu.n.ka.no./ko.to.to./yo.ba.re.te./i.ma.su.

台南被稱為文化古都。

A：おすすめの観光スポットありますか？

歐思思妹 no 咖嗯ロー 思剖・偷 阿哩媽思咖

o.su.su.me.no./ka.n.ko.u./su.po.tto./a.ri.ma.su.ka.

有推薦的觀光景點嗎？

B：太魯閣がおすすめです。

他擾口 嘎 歐思思妹 爹思

ta.ro.ko./ga./o.su.su.me./de.su.

我推薦太魯閣。

台湾の国立公園で、

他衣哇嗯 no 口哭哩此 口ーせ嗯 爹

ta.i.wa.n./no./ko.ku.ri.tsu./ko.u.e.n./de.

它是台灣的國家公園，

公園内の太魯閣峡谷が有名です。

口ーせ嗯拿衣 no 他擾口克優ー口哭 嘎 瘀妹ー 爹思

ko.u.e.n.na.i.no./ta.ro.ko.kyo.u.ko.ku./ga./yu.u.me.i./de.su.

公園裡的太魯閣峽谷很有名。

こきゅうはくぶついん
故宮博物院　　　故宮博物院
口Q一　哈哭捕此衣嗯　　ko. kyu. u. /ha. ku. bu. tsu. i. n.

しりんよいち
士林夜市　　士林夜市
吸哩嗯優衣漆　　shi. ri. n. yo. i. chi.

にちげつたん
日月潭　　日月潭
你漆給此他嗯　　ni. chi. ge. tsu. ta. n.

きゅうふん
九份　　九份
Q一夫嗯　　kyu. u. fu. n.

ぎょうてんぐう
行天宮　　行天宮
哥優一貼嗯古一　　gyo. u. te. n. gu. u.

たいぺいいちまるいち
台北101　　台北101
他衣呸一　衣漆媽嚕衣漆
　　　　　　　　　ta. i. pe. i. /i. chi. ma. ru. i. chi.

まおこん
猫空ロープウェイ　　貓空纜車
媽歐口嗯　摟一撲烏せ一　　ma. u. ko. n. /ro. o. pu. we. i.

たろこきょうこく
太魯閣峡谷　　太魯閣峽谷
他摟口克優一口哭　　ta. ro. ko. kyo. u. ko. ku.

推薦飲食

短句立即説

お茶が美味しいです。
歐掐 嘎 歐衣吸一 爹思
o.cha./ga./o.i.shi.i./de.su.
茶很好喝。

お土産におすすめです。
歐咪呀給 你 歐思思妹 爹思
o.mi.ya.ge./ni./o.su.su.me./de.su.
推薦當伴手禮。

夜市で必ず食べるものです。
優衣漆爹 咖拿啦資 他背嚕 謀no 爹思
yo.i.chi.de./ka.na.ra.zu./ta.be.ru./mo.no./de.su.
去夜市必吃。

台湾の庶民料理です。
他衣哇嗯 no 休咪嗯溜一哩 爹思
ta.i.wa.n./no./sho.mi.n.ryo.u.ri./de.su.
是台灣的家常料理。

短句立即説

一度食べたら病み付きです。
衣漆兜　他背他啦　呀咪此 key　爹思
i.chi.do./ta.be.ta.ra./ya.mi.tsu.ki./de.su.
一旦吃過了就會上癮。

日本ではあまり食べられない味です。
你吼嗯爹哇　阿媽哩　他背啦勒拿衣　阿基　爹思
ni.ho.n.de.wa./a.ma.ri./ta.be.ra.re.na.i./a.ji./de.su.
是在日本難得吃到的。

ワンタンメンはお薦めです。
哇嗯他嗯妹嗯　哇　歐思思妹　爹思
wa.n.ta.n.me.n./wa./o.su.su.me./de.su.
我推薦餛飩麵。

とても人気です。
偷貼謀　你嗯 key　爹思
to.te.mo./ni.n.ki./de.su.
十分受歡迎。

いつも行列ができています。
衣此謀　哥優一勒此　嘎　爹 key 貼　衣媽思
i.tsu.mo./gyo.u.re.tsu./ga./de.ki.te./i.ma.su.
總是大排長龍。

A：これは何ですか？

口勒哇　拿嗯　爹思咖

ko.re.wa./na.n./de.su.ka.

這是什麼呢？

B：これは「豆花」と言います。

口勒哇　偷－夫阿　偷　衣－媽思

ko.re.wa./to.u.fa./to./i.i.ma.su.

這叫作豆花。

豆腐みたいなデザートです。

偷－夫　咪他衣拿　爹紮－偷　爹思

to.u.fu./mi.ta.i.na./de.za.a.to./de.su.

像豆腐的甜點。

日本ではあまり食べられない味です。

你吼嗯　爹哇　阿媽哩　他背啦勒拿衣　阿基　爹思

ni.ho.n./de.wa./a.ma.ri./ta.be.ra.re.na.i./a.ji./de.su.

是在日本難得吃到的。

パイナップルケーキ　　鳳梨酥
趴衣拿‧撲嚕　開－key　pa. i. na. ppu. ru. /ke. e. ki.

カラスミ　　烏魚子
咖啦思咪　ka. ra. su. mi.

しょうろんぽう
小 籠 包　　小籠包
休－攏嗯剖－　sho. u. ro. n. po. u.

や
焼きビーフン　　炒米粉
呀 key 逼一夫嗯　ya. ki. bi. i. fu. n.

タピオカミルクティー　　珍珠奶茶
他披歐咖　咪嚕哭貼衣－　ta. pi. o. ka. /mi. ru. ku. ti. i.

まあらあなべ
麻辣鍋　　麻辣鍋
媽一啦一拿背　ma. a. ra. a. na. be.

たいわんりょうり
台 湾 料 理　　台灣菜
他衣哇嗯溜一哩　ta. i. wa. n. ryo. u. ri.

やたいりょうり
屋台料理　　路邊攤小吃
呀他衣溜一哩　ya. ta. i. ryo. u. ri.

國家圖書館出版品預行編目資料

菜日文-自我介紹篇 / 雅典日研所企編. -- 初版.
-- 新北市 : 雅典文化, 民102.10
面 ;　公分. -- (全民學日語 ; 27)
ISBN 978-986-6282-96-6(平裝附光碟片)
1. 日語 2. 會話
803.188　　　　　　　　　　　　102015774

全民學日語系列 **27**

菜日文-自我介紹篇

編著／雅典日研所
責編／許惠萍
美術編輯／林子凌
封面設計／蕭若辰

法律顧問：方圓法律事務所／涂成樞律師

總經銷：永續圖書有限公司
永續圖書線上購物網
www.foreverbooks.com.tw

CVS代理／美璟文化有限公司
TEL：(02) 2723-9968
FAX：(02) 2723-9668

出版日／2013年10月

雅典文化

出版社
22103　新北市汐止區大同路三段194號9樓之1
TEL　(02) 8647-3663
FAX　(02) 8647-3660

菜日文-自我介紹篇

雅致風靡　典藏文化

親愛的顧客您好，感謝您購買這本書。即日起，填寫讀者回函卡寄回至本公司，我們每月將抽出一百名回函讀者，寄出精美禮物並享有生日當月購書優惠！想知道更多更即時的消息，歡迎加入"永續圖書粉絲團"您也可以選擇傳真、掃描或用本公司準備的免郵回函寄回，謝謝。

傳真電話：（02）8647-3660　　　電子信箱：yungjiuh@ms45.hinet.net

姓名：		性別：	□男　　□女
出生日期：　年　月　日		電話：	
學歷：		職業：	
E-mail：			
地址：□□□			
從何處購買此書：		購買金額：　　　元	
購買本書動機：□封面 □書名 □排版 □內容 □作者 □偶然衝動			

你對本書的意見：
內容：□滿意□尚可□待改進　　編輯：□滿意□尚可□待改進
封面：□滿意□尚可□待改進　　定價：□滿意□尚可□待改進

其他建議：

總經銷：永續圖書有限公司

永續圖書線上購物網
www.foreverbooks.com.tw

您可以使用以下方式將回函寄回。

您的回覆，是我們進步的最大動力，謝謝。

① 使用本公司準備的免郵回函寄回。

② 傳真電話：（02）8647-3660

③ 掃描圖檔寄到電子信箱：

　　yungjiuh@ms45.hinet.net

沿此線對折後寄回，謝謝。

```
廣 告 回 信
基隆郵局登記證
基隆廣字第056號
```

2 2 1 0 3

 雅典文化事業有限公司　收

新北市汐止區大同路三段194號9樓之1

雅致風靡　典藏文化